主编　凌翔

当代作家精品 / 散文卷

欲戴王冠，必承其重

纪海龙　著

文化发展出版社
Cultural Development Press

图书在版编目（CIP）数据

欲戴王冠，必承其重 / 纪海龙著 . — 北京：文化发展出版社，2020.11

ISBN 978-7-5142-3234-9

Ⅰ . ①欲… Ⅱ . ①纪… Ⅲ . ①散文集－中国－当代 Ⅳ . ① I267

中国版本图书馆 CIP 数据核字（2020）第 203131 号

欲戴王冠，必承其重

纪海龙 著

责任编辑：肖润征

出版发行：文化发展出版社（北京市翠微路 2 号 邮编：100036）

网　　址：www.wenhuafazhan.com

经　　销：各地新华书店

印　　刷：唐山楠萍印务有限公司

开　　本：710mm×1000mm　1/16

字　　数：200 千字

印　　张：13

印　　次：2020 年 11 月第 1 版　　2020 年 11 月第 1 次印刷

定　　价：45.00 元

I S B N：978-7-5142-3234-9

目 录

第一辑 守柔的鱼（理趣篇）

第二辑 一个人的阵势（性趣篇）

第三辑　那些人间烟火（妙趣篇）

第四辑 听莺去也（生趣篇）

第一辑　守柔的鱼（理趣篇）

羚羊的斗争

在非洲草原的奥兰治河两岸，生活着两群野羚羊。它们分享奥兰治河的河水，咀嚼河畔葱绿的莺萝草，同在一片瓦蓝的天空下奔跑欢跳。

令人不解的是，河流东岸的羚羊繁殖能力强，生存概率大，就连奔跑速度每分钟都比西岸羚羊快 13 米！动物学家和周边牧民都感到万分奇怪。

这个怪异现象很快引起当地动物保护协会的注意。协会决定在东西两岸分别捕捉 10 只羚羊，交换到对岸后观察对比。一个月后，这个自然的谜底终于揭开。原来河流东岸有狼群，而西岸有一只狮子。东岸的羚羊被狼群追逐时，总是拼命奔跑，渐渐提高了自己的速度，并有意识地加大繁衍力度。而西岸的羚羊仅仅奔跑一小段后，就仗着"羊多势众"形成合围之势，企图凭借尖利的羚角消灭狮子。结局很明显，努力提高自身奔跑技能的羚羊一次次成功逃脱，实力越发强大；节省体能妄想直接消灭对手进而独占草场的羚羊一次次被杀，种族日渐衰弱。

生态多样性决定每个群体都有生存的权利，是不可直接消灭的。要想在大环境里物竞天择，自我提升是唯一正途。

全球大企业德士古公司，因与彭泽尔公司争夺格蒂石油公司，破坏了一桩已经完成的交易。彭泽尔起诉德士古，获得了100亿美元的赔偿金，后者由于无力赔偿而关门大吉。德士古公司打击对手，反致自戕。众所周知的美国苹果公司则有不同理念。它从不打压同行业的竞争对手，只是努力做好自己的事情。乔布斯说过这样一句话：“我们从不做市场调查，我们不招收顾问，我们只想做出伟大的作品。”当你的产品完美到伟大的程度，其他一切竞争产品都会黯然失色，乖乖认输。

竞争不是去砸别人场子，而是把自己的场子搞得更好。像西岸羚羊一样盲目打击对方，只会使自己陷入绝境。倘若东岸的羚羊，努力提高自身本领，加强核心竞争力，又怎会不发展壮大呢?

近人情，体物情

“二十文章惊海内”的李叔同大师说过一句话——不近人情，举足尽是危机；不体物情，一生俱成梦境。

大意是，性情乖张不通人情世故，则举步维艰；自行其是不顾客观规律，则一事无成。李叔同一生据于儒，依于道，逃于禅，中年出家，号弘一法师。这句话是他综其一生为人处世的总结，十分精到。

从一件事可以看出李叔同的“近人情”“体物情”。1927 年北伐成功，政府要毁寺逐僧。当时的寺庙大师们慌张无措，而佛教徒更是忧心忡忡。就在火烧眉毛之际，李叔同动用自己强大的人际关系，写了一封很有分量的信:《致浙江省当局蔡元培先生等》。正因为李叔同平素“近人情”善交游，所以才有这样的人脉、交情。

李叔同并未盲目反对毁寺逐僧，而是认真地“体物情”——琢磨政府毁寺逐僧的本因。经过考察，他知道政府此举是为了削弱宗教思想和势力，更新民众意识以便去除统治阻力。所以，李叔同从这一点出发指出佛教不会误国反会助国。在信中，他提议“对于服务社会之一派，要尽力提倡”，又推荐太虚禅师进行“农禅并重”的佛教改革。果然，政府取消了毁寺逐僧的计划。李叔同始则“近人情”，而后又“体物情”，顺利地挽救了一省的宗教事业。

《红楼梦》中有一副大大有名的对联与这句话异曲同工——世事洞明皆学问，人情练达即文章。世事洞明便是“体物情”，人情练达便是“近人情”。性格乖僻的贾宝玉终日依红倚翠，不知外出交游人情往来，可谓“不近人情”；深居侯门不问世事只知读死书，可谓“不体物情”。贾宝玉一生步步逢魔，终至落魄出家，果然举足尽是危机，一生俱成梦境。

不近人情，不体物情

不近人情，不体物情都是取败之道，清代的于成龙和靳辅就是一对鲜明的例子。

康熙二十一年，靳辅任一品治河总督，在清江治河。而清江的地方官是道台于成龙，一位十分有名的清官。

时值秋季，阴雨连绵，黄河水大涨，有决堤之险。于成龙心忧百姓，担心决堤会淹没大坝下的十几个村子。而靳辅更是忧心忡忡，因为在上游萧家渡地区，他们花了皇上上百万两银子即将修好的减水坝已是岌岌可危。如果河水继续上涨，则以往所有的治河心血毁于一旦。

鉴于此，靳辅狠下心，决定在清江段决口放水，减缓上游压力。附近的百姓暂且移到高处，由河道补贴银两。意外的是，这个体察物情、顾全大局的决定被于成龙鲁莽拒绝。于成龙一向以清官自许，哪能眼看着自己治理下的百姓流离失所？决口那天，靳辅着黄马褂行钦差威仪，不想于成龙坐在河堤上以自杀相要挟。靳辅见此，犹豫不决。耽误了许久，大水突然下降。于成龙和围观的百姓莫名所以，但都欣喜异常——

这下好了，水落了，不用决堤了。

靳辅望着下降的河水一愣，突然叫苦不迭。原来，河水下降是因为上游萧家渡一带决了口，水已经在那里挣脱河道了！果然，一天后就传来消息：萧家渡一带不但治河工程全部冲毁，上百个村庄几万百姓也都受了水灾，家破人亡。

此时的于成龙追悔莫及，而靳辅已回天乏力。两人都受到康熙皇帝严厉的训斥。于成龙能够亲近人情爱惜百姓，却“不体物情”酿成大祸；而靳辅虽然能够体察物情正确决策，却不能亲近人情，妥善处理与同僚和百姓的关系。到最后，落得两败俱伤的结局。

一处弛则百处懈

百种弊病皆从懒生，有一懒则废百勤。譬如人之身体，四体通勤则精神健旺。若有细菌侵入，则有一个零件坏。一个零件坏则有一个部件坏，一个部件坏则有一个脏腑坏，脏腑坏则身体渐坏，牵一发遂动全身。

所以若要做个勤快人，一处懒惰也不能容。在外勤，在家懒；在心勤，在手懒；在昨日勤，在今日懒；在此事勤，在彼事懒，都是取败之道。曾国藩曾说人要五勤：身勤、心勤、眼勤、手勤、口勤。可谓面面俱到，缺一不可。

曾国藩最重“勤”：“懒则弛缓，一处弛则百处懈。”鉴其一生，不敢稍有废弛。不论是处理国事还是治理家事，不论是工作时间还是休闲时间，不论是有人在旁还是无人监督，曾国藩始终打起精神，不松懈不迟缓。

曾国藩未发迹前只做个小官。某日进京，按惯例拜访同乡长官。这一天大雨滂沱，一路泥泞。曾国藩敲门后，仆人却说主人外出未归，让曾国藩稍候片刻。此时厅堂空无一人，曾国藩正襟危坐，神态肃然。

几个时辰过去了，主人仍未归。天色已晚，曾国藩只好告辞。

不久，主人回来了。仆人说您的同乡在此等了三个时辰，刚走。主人听罢，仔细一看曾国藩坐过的椅子，吃惊地叫道：“你快去把那人追回来，我们家乡要出大人物了！”

请回曾国藩后，主人待为上宾，好生敬重。其实曾国藩职位远低于他，何以受此荣宠？原来，主人看到曾国藩所坐椅子下有两个清楚的脚印，不偏不倚，端端正正。这说明此人始终未动。试想一个人正襟危坐三个时辰，岿然不动稳如泰山，其精神必须始终紧张，不敢松弛。一个连“坐”都能“紧张对待”的人，一个有如此坚韧毅力、精勤意志的人，岂能久居人下？

曾国藩一生做人做事全副精神，终于成就一番大事业。一处懒则百勤废，一处驰则百处懈，吾等当学曾国藩，始终精勤不废坚持不懈，他日必有所成。

躁进反退

明末画家周容写过一篇《小港渡者》，记述了自己进城未遂的囧事。

在一个日薄西山的傍晚，暮色轻烟缭绕着河畔的树林，从渡口到城门还有两里地的光景。周容过河时，问那摆渡的老人：“日头西沉，城门将关，我还来得及吗？”

老人瞅了瞅周容的行李，笑呵呵道：“慢慢走，城门兴许还开着；走急了，城门就关了。”周容听了好不气恼：你个老头儿，走慢了能赶进城，走快了反而进不了城，这不是胡扯吗！”

周容不听劝告，匆匆上路。他走得极快，行李摇晃得厉害。不一会儿，书箧的捆绳突然崩断了，各种典籍散落了一地。周容手忙脚乱，费了好大工夫才把行囊整理好。这时，城门“吱呀”一声，关掉了。剩下周容在不远处的城郊荒野独自叹息。这一刻，他才隐隐体会到老人话里的意思。

孟子说过，其进锐者其退速，果不其然。越是急匆匆前进的人，越是会遭到“欲速则不达”的反作用。所以前人告诫我们：急事慢做。过犹不及，中庸才是王道。

《四十二章经》中，有一桩小沙弥读经的趣事。小沙弥夤夜读经，心潮澎湃，越读越快，越读越激昂。法师怕他走火入魔，于是问他出家前有什么爱好，小沙弥说，我爱弹琴。

法师说，如果弹紧了会怎样？小沙弥答道，弦会断。

法师又问，那弹松了呢？小沙弥答道，那就没声了。

法师再问，要是松紧得当，快慢协调呢？小沙弥说，那样的话，琴声会很动听啊。

法师见水到渠成了，于是警醒他说，你的心也要不紧不慢，缓缓而进，才能得道哇。小沙弥顿悟。

周容躁进反退，沙弥中庸得道。为人处世唯有凝神安心，一步步踏实行来，才进得“城门”，奏得“妙音”。

合作的“翅膀”

气候宜人的温哥华海岸，是个钓螃蟹的好地方。沿着长长的栈桥，站满了悠闲自在的钓友。他们身后都有一个小篓子，里面装着张牙舞爪的野生海蟹。令人感到奇怪的是，每个篓子都没有盖子，就那样大大方方地露着口，那些刚猛有力、野性十足的螃蟹竟然爬不出来。钓友们个个只管盯着蔚蓝的海面，对身后是否发生“越狱”事件满不在乎。

相比气定神闲的温哥华钓友，山东东营的蟹农则“狼狈”得多。东营位处黄河入海口，是养殖黄河大闸蟹的天然宝地。蟹农利用淤滞在湿地里的海水，建起高达 40 厘米的围栏，圈养大闸蟹。天时地利人和三者俱全，蟹农理应大获丰收，然而有些蟹农却是年年歉收，令前来指导的技术员大跌眼镜——明明撒上两百只蟹苗，到了秋天竟然只剩几十只，难道螃蟹飞了不成？

温哥华的野生螃蟹和山东东营的养殖大闸蟹并无本质不同，然而前者“身陷囹圄不能自拔”，后者却“逃出生天逍遥法外”，这究竟是什么原因造成的呢？

原来，温哥华的野生螃蟹被扔进篓子后，会竖着身子挣扎，把双足插在篓子缝里一步步向顶口爬去。其他的螃蟹看到它快要爬到顶口了，立即“猱身而上”，把前者当作梯子，企图踩着它逃走。这些臭脾气的“蟹老板”们就这样一个夹一个、一个拖一个，循环往复地折磨着，谁也逃不出去。

山东东营的大闸蟹则聪明得多，可能由于养殖共生，它们有着一种与生俱来的合作默契。每当晴朗无风的夜晚，明月的清辉洒满蟹池，照亮野地，大闸蟹就会倾巢出动，伴随着窸窸窣窣的密集声，聚集到高达40厘米的围栏边角处。它们在这里“商量”一阵子，便开始以惊人的速度“叠罗汉”。个大的、劲足的在最下边垫底，后来的往上补充。就这样一个摞一个，一层叠一层，等到最上面的螃蟹和围栏等高，它们立即有条不紊地“越狱”。就这样，它们几乎全跑光了。蟹农说它们生出翅膀飞走了，它们的“翅膀”大概便是团结协作的意志吧。

一己是人，渺小无力，即使费劲全力去抗争，也改变不了“牢”底坐穿的平庸命运；众人是天，力大无穷，只要团结起集体的智能，便可冲出一隅，敢叫日月换新天。当你融于群体时，你就会生出联系与合作的“翅膀”，成为那只会飞的螃蟹。

“路人甲”的微光

2015年7月，尔冬升导演的新作《我是路人甲》正式上映。影片中，大学毕业生万国鹏为了实现演员梦，从东北跑到浙江横店影城，久经考验后成为一名专业群众演员。万国鹏的悲喜遭遇击中了观众的泪腺。

“路人甲”一词，最早出现在电影片尾中，一般代指扮演路人的群众演员。“路人甲”们有三个特征：一是没有名字，无关紧要；二是没有台词，默默无语；三是没有地位，身份普通。他们一般在主角的后方默默走过，或者在黑魆魆的夜色中，扮演着看不清面孔的小兵。

走出梦幻迷离的横店影城，来到星光璀璨的现实社会，我们大多数人就像成功者身边的“路人甲”。我们深具“路人甲”的三个特征，缺乏成功者的名望、财富和话语权，显得卑微而脆弱。但从这部电影里，我们看到“路人甲”也有微弱的光芒。

30年前，在一家百货超市里，有一位普通的家电销售员。他的生活很稳定，可好友却总来劝他参加电影艺员培训班。当他向妈妈提起时，妈妈很生气，说道：“衰仔！我一块钱都不会给你！”然而一番思想挣扎后，两人还是鼓起勇气，到剧组做了两名“路人甲”。那一年他跑龙套挣盒饭，扮小兵当路人，却不承认自己是“路人甲”，而是坚定地告诉每个人：“我是演员。”后来他和好友都成功了。他的名字是梁朝伟，好友叫周星驰。

在成功之前，每个人都是别人眼中的“路人甲”。大多数人希冀在成功之后光芒四射，却不屑于“路人甲”的这点微光。他们自轻自贱，所以光愈弱而心愈小，离着目标也越来越远。而怀揣梦想又肯实干的人，在成功之前，就已经坚信我是我自己生命中的主角，而非没有台词的“路人甲”。

这份脆弱却持久的打拼，就是“路人甲”的微光。它激发着“路人甲”放出更大的光亮，成为耀眼夺目的真正主角。

把自己的风格坚持到底

龙驾禅师年轻时特别喜欢捕鱼，但他不会游泳。一次，他跟随父兄到水库闸口捞鱼。水才没到小腿，清凉可喜。龙驾禅师捉了满满一网兜鱼，正快活呢，突然“咕咚”一声，不见了人影。原来，这里清淤时曾挖过一个深坑，禅师一下子踩下去了。

龙驾禅师落水后害怕得要命，憋着气不敢喘，只片刻就绝望了。心想，我才 24 岁就要死了，我从不杀生，为什么老天要杀我呢？真是不公啊！这时，由于憋气有浮力的原因，龙驾禅师又从水面露出一只胳膊。附近的打鱼人急忙把手中的网绳抛给他。禅师迷茫中抓住网绳，捡回一条命。至于那一网兜鱼，也不见了踪影。

后来龙驾禅师与朋友谈起当时心中的疑问。朋友说，你怎么没杀生，捕鱼即是杀生，正因为你有了这样的杀生之念，才招来这样的杀生之祸啊！禅师想想也是，自己后来捡回一条命，那些被捕的鱼也捡回一条命。

生活在无常的世界，我们总喜欢埋怨上天不公，现实黑暗，慨叹“我待生活如初恋，生活虐我千百遍”。其实你可以仔细想想，你真的以纯粹的诚意对待生活了吗，始终坚持你的信仰和原则？

单位有一小王，经常跟我抱怨时下的风气。他说现在是个赤裸裸的金钱时代，只有不断送钱才能升官，像他这样埋头干活的都是傻子，永远没有晋升的机会。我劝他慢慢等待，瓜熟蒂落，水到渠成。办公室的小李也和他一样，没关系没钱，只能低头拉车。

今年单位来了新领导，是个务实的人。一朝天子一朝臣，一轮新的岗位竞争上演了。有的送钱送礼，有的托关系找门子，还有的在领导面前甩开膀子作秀。不久，新的人事安排公布了。结果出人意料，小李任职办公室副主任。而资历更老一些的小王原地不动。

领导专门开会说明了任用情况。他说这次人事安排是根据大家德和才两方面来衡定的。凡是为了升迁送礼的，找人活动的，一概排除在外。小王同志工作能力强，且作风端正，不请不送，所以安排在办公室任职。

我很疑虑，怎么一向发挥“老黄牛”精神的小王落选了，他的表现还高于小李呢。事后问起小王，他嗫喏了半天，面露愧色，说：这么多次不升官，我想咱也腐败一次吧，送了领导两条中华烟，没想到新领导反感这一套。我恍然大悟，替他叹息。

不论做一个清正廉洁的人，还是做一个天真倔强的人，都要把自己的风格坚持到底。不论做一件帮助别人的事，还是一件自我奋斗的事，都要把做事的精神坚持到底。如果有一次动摇了，就会错过大好机遇。就像买彩票的彩民，买了三年没中奖，恰巧一天没买，那一注数字却是千万大奖。生活中这样让人后悔的事层出不穷。

吃素一辈子，就要坚持每一天。你忍不住吃肉的那一天，佛祖或许正好下来考察。

把自己的风格坚持到底吧，这是修成正果的必经之路。

大器宜晚成

张爱玲说过一句很得人心的话——出名要趁早。不错，年轻时如能建一番事业名利双收，实在是再好不过了。因为青少年是人生最美好的一段日子，要是能有些成就来锦上添花，那种欢乐委实痛快无比。

人人都羡慕这般少年得志鲜衣怒马的风光，若是人过中年须发半白，即使大有成就，愉快之余也难免有沉重的沧桑感，更何况忧愁苦恨良多，常使人乐不起来。又有一等人说，少年得志能够衣锦还乡，又能养老孝亲，倒也有些道理。

北宋时有一首流传甚广的《神童诗》，便是赞誉"出名早"的少年。其中有几句：年少初登第，皇都得意回。禹门三级浪，平地一声雷。一举登科日，双亲未老时。锦衣归故里，端的是男儿。玉殿传金榜，君恩赐状头。英雄三百辈，随我步瀛洲。

想那少年几载寒窗一举成名，顿时锦绣加身位列朱紫。回顾昨日尚在田舍举锄耕作，茕茕独立，今朝鲤跃龙门，便尽享披红挂彩跨马游街的风光，一国瞩目。说得上春风得意马蹄疾，一日看尽长安花。少年心性了无牵挂，有这般荣耀可谓平生足矣，更何况还有“英雄三百辈，随我步瀛洲”，如此独占鳌头领袖群伦，真是豪情满天！

然而，少年成名虽然风光，却夭折易废，难成大事。譬如仲永，五岁指物作诗，长大一事无成；又如王勃，25 岁写下《滕王阁序》，名传宇内，却落水身亡；至于秦之甘罗，更是传奇，12 岁做宰相，随即被斩。

因此，有些人更崇尚“大器晚成，后来居上”。这样的想法靠谱得多，毕竟真正的人才往往需要长久磨炼。“苦其心志”“劳其筋骨”也需要很长时间。等他们经历完“行拂乱其所为，所以动心忍性”的过程，往往都在三十以后了。此时他们心智成熟，可谓老谋深算，开始小心翼翼地崭露头角，步步为营。虽然他们起步晚，又不具备年龄优势，但此时道行高深、才智卓绝，所以往往后来居上，际会风云。

《三字经》里有一段老话：“苏老泉，二十七，始发愤，读书籍。”苏老泉即苏轼的父亲苏洵，二十七岁已是大龄青年，此时才开始读书确实有点晚了。十年后苏洵读书有成，三十七岁带文入京，一时间争相传颂，洛阳纸贵。苏洵是标准的“大器晚成”。

巧的是，齐白石也是 27 岁“始发愤”。齐白石小时候不过是个放牛娃，12 岁学木匠，15 岁进步了一点点，变成会雕花的木匠。27 岁时，他刚刚开始学画。直到 56 岁才融会贯通独辟蹊径，从此硕然巨匠矣。

朱买臣就更别提了！四十多岁还在卖柴火，老婆嫌他没出息跟人跑了。朱买臣五十时突然发迹做了会稽太守，一省大员。贫贱时人人笑骂，谁不骑在他头上？便是贩夫走卒也瞧他不起。忽然做了官，重印在手，真是“后来居上”。

以史为鉴，可知少年出名的得意不过一时欢欣，早出名的人往往早没落。唯有毕生锻炼精进不息的人，才会获得稳如磐石的事业。

大行先顾细谨

刘邦并非不拘小节。话说鸿门宴当日，刘邦抖似筛糠一心想逃，可面子上又不好看，只好等人出来给他砌个台阶。于是樊哙识趣了一回——大行不顾细谨，大礼不辞小让，主公，此时不走更待何时！

鸿门宴本身只是刘邦“八千里路云和月”中的一云一月，不是“大行”，反是“细谨”。想当初刘邦从四处放鸟枪到楚汉加时赛，哪一场战事不比一次宴会分量大险度高。所以在高祖眼里，开国建业是主枝，鸿门宴是细枝末节。而高祖当初正是因为不在乎“临阵脱逃”的千古臭名，认真对待并合理解决了霸业宏图中的这个小细节，才有了后来无上的尊荣。由此看来，刘邦所为，正是“大行先顾细谨”的典型案例。

试想，假如当初苹果砸下来牛顿只是骂一声娘，蚁穴穿透大堤却没人想到海防，蒸汽吹起壶盖瓦特毫无察觉，马尔克斯望见海明威只是尖叫一声“我的偶像”……如果这些细节都被当成人生事业的可笑陪衬，置之脑后或者视而不见，那么牛顿的力学定律和马尔克斯的诺贝尔文学奖恐怕要跻身悲剧了——一块马蹄铁失掉一个国家，一个螺丝坠毁一架客机，袜子上的一个破洞扼杀一次就业良机……

海尔总裁张瑞敏曾让一个日本人每天六次擦桌子，日本人不折不扣地执行，每天都坚持擦六次。后来他让一个中国人也去做，中国人在第一天擦了六遍，第二天擦了六遍，但到了第三天只擦了三次，到后来就不了了之。张瑞敏说，这正是我不能重用他的原因。

细枝末节尚不能处置得当，如何面对“大行”？

老子曾说“天下难事，必做于易；天下大事，必做于细”，西方民谚也有“上帝存在于细节之中”一说，虽然出自不同的文化背景，但它们讲述了同一个做人做事的至理——大行先顾细谨，细节决定成败。

放下执念

越是执迷地追求，越是得不到。仿佛努力地用竹竿向近处拍打浮萍，反而越拍越远；又似是追赶一只斑斓的蝴蝶，你越扑它，它越是忽高忽低地躲离。当你停下，它反而会落在你肩头。

2013 年 3 月，龙驾禅师在丹东双灵寺修习内观（佛的自我观察的法门）十日课程。来自马里西亚的李锦芳禅师告诉他们修习的目的是培养出平等心。也即放下主观意见，平等地看待事物的两面，还原真实面貌。只有达到平等心，才标志着进入更高的层次。

修习很辛苦，整个十天都是盘腿而坐的，不许动弹。从三四天起，龙驾禅师的双腿好像变成了病痛集中营，酸、麻、痛、痒、撕裂、沉重，种种难以忍受的感觉一起涌现。因为老师说过，达到平等心境界时身体是愉悦的，而非疼痛的，于是龙驾禅师费尽心力捕捉身上每一丝的快感，掩盖每一种不适，希望自己能够尽快获取平等心。

龙驾禅师越来越执迷于平等心这个目标，好像一位武学名家妄图武林第一。不过，他越是希望得到种种快感，摒弃种种不适，就越是失去了平等看待快感与不适的心态，变得离平等心越来越远。

后来，在李锦芳禅师的纠正下，龙驾禅师才放下这种“执念”，不再把这个目标翻来覆去地折腾，只是顺其自然。渐渐地，他发现快感与不适并没有多大区别，只是心里把它们的差别夸大了。在第九天晚上，龙驾禅师终于实现了平等心。那一刻，身上如光电涌过周流不息，心中如明镜高悬如实映照。

溯洄从之，道阻且长，溯游从之，宛在水中央。当你过度执着于目标而不懂得努力梳理过程时，你就与理想背道而驰。影片《三傻大闹宝莱坞》中，一心追求成功的查图尔没有取得多大成绩，而安心做事不执不迷的兰彻则取得成功。影片结尾的一句话经典地诠释了执者失之的道理：追求卓越，成功就会出其不意地找上门。

放下执念，安心做事。不久，你的理想对象必将如期而来。

可以回头，绝不回心

据《哈佛商业评论》调查，美国75%的上班族对自己的工作感到痛苦，80%的上班族每天疲劳加班，85%的上班族长期睡眠失衡。

每一个努力向上的人都在经受摆脱底层引力的痛苦。而想要登上学业和事业的高峰，则必须克服脚下的坡度。俗话说得好，凡是好走的路都是下坡路。苦涩的逆进是把我们从现实摆渡到梦想彼岸的唯一舟楫。

自然规律显示，任何一份事业都有其艰难起步、磨难重重、拐点出现、希望来临、大功告成的过程。然而，并不是每个人都能修成正果。正如《哈佛商业评论》的调查结果，大部分人的事业在发展过程中被逐渐出现的痛苦、疲劳、失望、懒惰、二心等因素挫败了，而这些不良因素都发生在事业的拐点之前。少数人凭借坚强的毅力和韧性克服了这些，坚持到拐点，于是迎来了希望的曙光，从而精神一振，大踏步走向成功。可见，失败和成功的分水岭便是“拐点”。

“鲁豫有约”栏目曾经采访一位取得成功的残疾人歌手，他叫陈州。2012年，双腿高位截瘫的陈州凭借双手攀登五岳。这是一次极艰难的毅力之旅，中央电视台和许多媒体都在关注，大家默默地为陈州担心。在最后一站华山的攀登过程中，爬到一半时，陈州几近虚脱。那里有一块巨石，叫作回心石。传说古人起下这个名字，就是告诫后来的登山者：如果现在回心转意下山去，也还来得及。当随行记者问陈州会不会在此回头时，陈州淡淡地说："可以回头，绝不回心。"陈州最终坚持到底，攀登行动取得圆满成功。

那块回心石，就是他全程的拐点。只要咬咬牙坚持过去，从此曙光会越来越亮。黎明前是最黑的，而黎明是一天的拐点；落到水底是最深的，而水底是开始上升的拐点；山重水复后到最绝望的地步，而绝望是柳暗花明的拐点。人生如此，事业如此，就看你能不能在前进的路上不断忍受痛苦，坚持到拐点。

挑中一处便要落定脚跟

去年读过一本极有意思的小说，乃是楚阳冬的《齐天传》。书中又有一首极有意思的偈子：道家传下玄妙文，佛家诵经入相空，儒者仁义理智信，万道同源并无宗，心中义理若常变，到头终究一场空。

小说中那一章节极富穿越性。主人公魂入西游世界，化身孙悟空抽剥三教之争。神通广大的孙悟空正遇上愁眉苦脸的孟子。原来，孟子一心以儒义教化黎民，但百姓食不果腹，哪有闲暇睬他？孙悟空于是施展道家法术，使麦苗顷刻开花当即结果。孟子大惊之下就变了心：既然道教的法术能够普济天下，我还是弃儒从道吧。于是拜倒在孙悟空面前。孙悟空见孟子其心不坚，作此偈敲打之——心中义理若常变，到头终究一场空。朝秦暮楚，自然难成大事。孟子听罢羞愧难当，从此执着儒家，终成亚圣。

小说虽是虚构，但也是“借假语村言”反照世间的大道。便如老和尚建庙，挑了一座又一座山头，均不满意。这山望着那山高，那山后头更有宝地。于是这山打个地基，那山运几根梁木，蝇营狗苟，终究盖不起庙。挑中一处便要落定脚跟，从一而终才是修为的根本。

我有一个远房叔叔，算是极能耐的人。年轻时很有头脑，学人家养狐狸。最多时，倒有几百只。当时收狐狸皮的商贩很多，叔叔赚下一些钱。后来市场不行了，叔叔觉得养狐狸实在太累，又要喂食又要治病，一颗心总悬着。于是变卖了小养殖场，改开当时最吃香的磨坊。这磨坊开起来，着实兴旺了一阵。那时家家户户想吃白面干粮，打下了新麦总要磨几百斤。四村八乡都来磨面，叔叔的磨坊红极一时。可不久，脑子活泛的人便跟着开了磨坊。起初是同村的一两家竞争，叔叔还有些生意；后来周边村镇都有了磨坊，叔叔的磨坊算是彻底衰落了。这时叔叔才听说，当初和他一起养狐狸坚持下来的人，现下都挣了大钱。叔叔好生懊悔，要是当初不改行该多好。

磨坊又惨淡经营了一段时间，叔叔熬不住，关门大吉，起了外出打工的念头。那时能到城里打工的都算能人，挣得多吃得饱。叔叔果然聪明，不久就谋到了一份好职业——在建筑公司干焊工。叔叔本是多才多艺的人，在村里时便是电工，此时轻车驾熟，干得很顺当。工人们出力多，所以顿顿猪肉炖白菜，叔叔跟着吃得好不得意。但时间久了，叔叔偶尔回家时便说，干焊工经常接触强光，老是感觉眼睛痛。最后叔叔辞职回家，和婶婶同种那几十亩地。而此时，那些开磨坊坚持下来的人也都摇身一变，成了面粉加工厂的合伙人。叔叔看着那些工厂的车子进进出出，老泪纵横……而那些从一开始就本本分分种地的农民，现在也都积少成多，成了闻名一乡的种植大户。只有叔叔，一辈子三番五次地折腾，到最终却一事无成。

心中义理若常变，到头终究一场空。做人要有“磐石无转移”的操守，做事情也要有“蒲苇韧如丝”的毅力。只要坚持不懈地在一件正事上下功夫，做到一个“恒”字，纵使眼前举步维艰，也终有柳暗花明之日。

让珍宝残缺

小时候我从不让自己吃亏，仿佛一件珍宝不忍见它残缺。

我曾在原野，在市集，在梦境。我曾贪婪地把轻梦般的原野装进自己的口袋，把斤斤计较的蝇头微利装进自己口袋，把安逸和美装进自己口袋。我不曾吃一点点亏，无论身在何方总想着趋利避害。我以为口袋的饱和是最动听的韵，而舍弃和亏损则抹煞一切。

后来我开始反思这种无所不用其极的贪婪。我是不是在对生命需索的路子上，成为灵魂的守财奴?

我见到了很多新事物，它们与我背道而驰，却意外地丰收了。

我见到张继收获了一首碎玉似的小诗。当披红挂彩的状元梦把他一脚踢开，他转身遇到了寒夜的姑苏城——月落乌啼霜满天，江枫渔火对愁眠。姑苏城外寒山寺，夜半钟声到客船。枫桥夜泊，舍弃让他一夜销魂；江枫渔火，他的舍弃让世人魂消千年。

我见到加西莫多收获了艾丝美拉达水样的柔情。在巴黎圣母院的脚下，他扔掉一生只有一次的生命，扔下丑陋，扔下偏见，在众人践踏的目光下重整灵魂的威仪，怀抱着爱与美的化身，称心如意，满载而归。

我见到夜空收获了一轮满月，清辉生生不息。它曾缺如钩，瘦削了身影，也曾云遮月，黯淡了光明。然而，它越是经着风的拂，经着云的盖，就越是在十五之夜生长浑圆。它舍弃了二十九天的痴心，遂换取一夜普照。

于是我开始领悟，生活不是求全责备的规章，而是打水的吊桶，七上八下。要提得上，更要放得下。布袋和尚有几句写插秧的诗——手把青秧插满田，低头便见水中天，心地清净方为道，退步原来是向前。知道了退步，知道了松手，也就明了了进步，明了了掌控。

如果舍弃了鲜衣怒马紫带罗袍，那就一身短褐赤脚而行吧。放下繁华的痴念，心地清净地在春天的原野里踏青，仿佛踏着轻梦般流离。

如果舍弃了金樽美酒美婢良朋，那就煨一块地瓜化几粒粗盐吧。守在那盆木讷的炭火边独自喃喃，咀嚼窗外灵动的飞雪，推敲着扑簌的诗意。

如果舍弃了出将入相横扫六合，那就淬灭了豪情，慢梳羽毛吧。亦或是在清凉的傍晚，油菜花之侧，执几枚黑白子，放肆地纵横指尖，任由热茶黯淡了体温。

懂得舍弃总会换取更多的如意，恒淡久远而不自知。我们曾因分别心而悲剧地执着，妄以为誓不罢休是成功的指灯。等我们对获取的事物渐感疲烦，才发现当初的偏执让我们错过许多。适可而止，就是舍弃“而止”之后的东西，把目光从孤帆远影碧空尽，拉回到整个雾蒙蒙的烟雨江南。虽再看不到船影，却换来了烟花三月的灼灼其华。

于是我明白了。维纳斯舍弃了自己的手臂，是为了美得深刻。瓷器舍弃了身上的一角，是为了美得深刻。我们的生命想要美得深刻，第一要做的就是舍弃。

让口袋空一些，让珍宝残缺一点，任看似和谐的韵律平添几丝紊乱。

守柔的鱼

小区的池底铺了一米厚的鹅卵石，重叠相借，色彩斑斓。在去年冬季的四面围合下，池水已经干涸。光秃秃的鹅卵石拂掉了水的灵韵，显得苍白乏味，一种蒙尘的委屈在所难免。

可惜了一池的鱼，恐怕早已香消玉殒。是这不懂事的逝水，辜负了你们的两片香腮吧？我仅能静静地缅怀鱼。

后来，风渐暖，春日一呼即来。池边的桃树已经开得满满当当，愈衬出那一池鹅卵石的萧索。物业公司应该重新添水了吧，物业公司应该重新撒鱼了吧，我想，只是不知道去年在石底辞世的鱼尸，会不会弄脏了新水。

那天下午我正在看书，突然听见小孩子脆生生地喊：有鱼！有鱼！我立马从床上跳起来，哪里有鱼？出去看，只见几个小孩子果真捧着寸长的小鱼。池底有个一米深的小坑，是把鹅卵石一块一块拿走才挖出来的，孩子的行为看似无聊，却总能发掘深埋的造化。坑底居然还有一指深的浑水，触手冰凉，几条睡梦的小鱼像是突然被人掀了被子，瑟瑟地抖着双鳍。天啊，你们是怎样活下来的！我合一下掌，在坑边虔诚地诵了声“阿弥陀佛”。

那天下午，我们都收获了意外的惊喜，因为邂逅了意外的生命。看到某些本没有希望的东西还在一张一合地与我们共同呼吸，热爱生命的人总会开心得忘乎所以。那笑与喜欢，来自对生命的敬畏，惊奇和由衷的钦佩。在肃杀的冬日，在逼仄的石缝，在冰连石结的水隙，这些鱼用至柔的肩头扛住了一个季节的重压。这就是守柔之道吧，靠着一寸水，甚至一方冰，在寒天冻地里气运丹田，悲壮地呼吸，最后猛一张腮，呼出了春天！

现在已是三四月间，花树点红缀绿，池里也添了新水，碧波重生。那些走过原地“长征”的鱼紧弓了身子，在一米多厚的鹅卵石中撞出一条条蹊径，重生似的游上水面，约会这个春天，这真好啊。我就这样突然想到了人，想到自己。有多少与生俱来的不幸，我们无法卸载，也许来自本身，也许来自环境。我们奈何不了香颐上一点固执的瘢痕，也奈何不了岁月架在颈子上的刀光剑影。可我们可以像鱼一样，在生活的航船将倾时，用柔韧的力量扯住帆角。这时候，要想起那些鱼，想起它们为保持水不结冰而拍打了整整一个季节的尾鳍，想起它们为生命艰难鼓动的双鳃，想起石缝里，那智慧，那光阴……

路不好走时，人应记得守柔啊，记得要有那样的尾鳍，还有那样的双鳃。度过艰难岁月后，气运丹田，猛一开口，你也会——呼出新的春天。

让心灵先到

科幻电影《火星救援》引起热议。

影片讲述了落难宇航员沃特尼的求生故事。飞船遇险后，沃特尼流落火星，成了太空中的“鲁滨逊”。火星上条件恶劣，资源匮乏，沃特尼陷入必死之局。出人意料的是，他没有悲观绝望，而是利用一切条件，满怀信心地开辟着求生之路。

他在火星荒漠里踽踽独行时，迷茫没有腐蚀他。他幻想着老去时和孙子的对话：“小鬼，你爷爷我年轻的时候，曾在撞击坑环上散步，穿着EVA太空服上坡！”他在地狱般的环境中挣扎时，绝望没有击败他。他自得其乐地培植土豆，在蔬菜大棚里挥汗如雨；饶有兴致地改造漫游车，旅行在无边无际的红色荒漠中。

沃特尼想人所难想，能人所不能。荒凉的火星因为他而有了一片绿色，而他因为心灵的希望才实现生还的奇迹。他能回到地球那甜蜜的家，只因为他的心灵已经预先到达！

在美国西部的偏远乡村，曾住着一位穷苦的少年。他时常摩挲一幅卷了边儿的的世界地图，爱不释手，喃喃自语。15 岁那年，这位少年写下了气势不凡的告白——《一生的志愿》:“我要到尼罗河、亚马逊河和刚果河探险；要登上珠穆朗玛峰、乞力马扎罗山和麦金利峰，驾驭大象、骆驼、鸵鸟和野马；探访马可·波罗和亚历山大一世走过的道路；谱一部乐曲；写一本书；拥有一项发明专利……”他饱含热泪，思绪飞扬，一口气写下了 127 个宏伟的人生志愿。可当他展示出《一生的志愿》时，他人却嗤之以鼻。大家都把这当作一个孩子天真的幻想，一笑置之了。

让所有人都为之震惊的是，44 年后，他居然实现了 106 个伟大志愿。他在尼罗河上蜿蜒前进，他在麦金利峰领略雄浑，他在亚历山大远征的路上思接千载，他在亲手谱写的恢宏乐章里纵情释放……可以想见，他的人生该是经历了一场多么壮丽的跋涉！

他就是著名的探险家约翰·戈达德。有人问过他，为什么你总能把险境踩在脚下，领略无限风光？他微笑着回答：“我总是让心灵先到达那个地方，随后周身就有了一股神奇的力量。接下来，就只需沿着心灵的召唤前进。”

让心灵先到达那个地方——这是戈达德实现人生梦想的秘密，也是沃特尼成功返回地球的缘由。

欲戴王冠，必承其重

责任和权力是一对不离不弃的好伙伴。有能力负责，才有权利享受。

日本政府有一位享有盛名的邮政大臣——野田圣子。在她年轻时，一件小事转变了她的权责观念，使她因此顿悟，取得了骄人的事业成就。

这一年，东京帝国酒店招聘了许多服务员，其中就有少女野田圣子。她“惨遭不幸”，分配到洗厕所的工作。按照帝国酒店的要求：厕所须一尘不染，光洁如新。起初，野田圣子失望极了，极度厌弃这份工作，希望到更好的岗位上去，享受更多权利。但她后来转念一想，多大的能力，才有多大的权利，于是开始沉下心来，反躬自省。

几个月后，上级主管对试用期人员进行考核，当他来到野田圣子负责打扫的厕所时，大嘴惊讶成了“O”型，感叹良久。只见马桶和地砖，在室灯照射下散发着洁白的瓷光，如同餐厅里高档的碗碟，照出亮晃晃的人影，仿佛从没用过似的。主管疑惑不解：“圣子，你是如何打扫的？”野田圣子不说话，只是轻轻踩了一脚水闸。冲洗水哗哗地流了出来，她迅捷地拿出一只纸杯，在马桶里接了一杯水，仰头喝下去，毫不犹豫！

在场的众人惊呆了。不久，野田圣子被安排到管理层，开始了辉煌的起步。她对工作的热情和执着，付出和表达，得到了公司的重用。高层认为她的能力和责任心超越了目前的岗位所需，也超越了目前的劳动所得，所以不断为她提供适合其能力、满足其权利的职位。这是野田圣子进步的原因，也是每个人进步的原因——欲戴王冠，必承其重；欲享其权，必担其责。

韩剧《欲戴王冠，必承其重》，在 2014 年上映后热播。全剧的剧情都在诠释着这个道理，而主演李敏镐则用自己的现实生活，演绎了权利和责任的关系。2008 年时，李敏镐默默无名。当他准备出演《城市猎人》主角时，韩国影迷一片反对之声，认为他的能力不足以承担这个角色的表演任务。而受到“围攻”的李敏镐却十分镇静，有计划地提升个人能力。等到开拍时，他一鸣惊人，以杰出的表现证明了“王冠应属于他”。

欲戴王冠，必承其重；欲享其权，必担其责。责任和能力，永远是享受权利的前提。

为自己找些“黄金环”

冶金术是一门神奇的技术。当黄金冶炼到纯粹的程度，即使十亿分子里也不能有一个杂质。工匠们是如何办到的？原来，他们先把一只已经达到纯粹程度的黄金环准备好，再将冶炼的黄金打成条状，使金属条穿过金属环。这样就会产生磁场，纯度高的黄金环会将黄金条中的杂质逼到两端去。渐渐地，黄金条得以净化和升华，成为高价值、高纯度的黄金。

我们的身心和未冶炼的黄金相差无几，同样充满杂质，同样需要一个甚至更多的“黄金环”来过滤。环顾自己身边，是否有这样的黄金环？

唐太宗李世民有一段时间好逸恶劳，讲究饮食。臣子魏征道：“皇帝，你这是在做隋炀帝！”李世民大惊失色：“魏征，朝野上下也只有你敢说这样的话呀。”他虚心接受了魏征的意见，从此清心寡欲。李世民后来说过一段话：“我本是深山里的一块矿石，没什么大用。经过了匠人的挖掘冶炼，才变成宝贝，魏征就是那个匠人。”由此看来，魏征正是李世民的黄金环，过滤了他的人品。

汲黯是汉朝诤臣，常常对武帝劝谏。一次，汉武帝得到一匹好马，让乐府专门为这匹马谱个曲子，歌颂一下。汲黯觉得太荒唐，对皇帝说：乐府的曲子是用来教化黎民的，皇上现在却歌颂一匹畜生，成何体统？汉武帝听了默默不语，只好作罢。汲黯的直言纠正了汉武帝很多错事，使汉武帝百炼成金，名垂不朽。想来，汲黯就是他的黄金环，过滤了他的事业。

目犍连是著名的佛教徒，他曾经有一个好朋友陀然。目犍连出家后忙于传道布法，四处奔波，与陀然失去联系好多年。某年目犍连回到故乡，却听说陀然已经变成一个唯利是图、损人利己的人。目犍连特别惊讶，赶紧去问陀然。陀然缄口不言。再三问之，他才不好意思地说："我娶了个媳妇，她眼里只有钱，今天要这，明天要那，衣食住行，穷奢极欲。只要不满足她，她就会闹翻天，我只好盘剥取利来应付她了。"目犍连大骂陀然一顿："你这样还算什么男人！她作恶，把你都连累成恶人了！回家教训她，你们都要重新做人！"

陀然只好照办。一年后，陀然恢复了好名声。他感激地说，这些年来狐朋狗友对我谄媚迎合，从不规正我的过错，幸亏目犍连把我骂醒了。挽人于危途，目犍连如同陀然的黄金环，过滤了他的生活。

每个人都有对道德、事业、生活的美好憧憬，希望自己有朝一日步入理想的殿堂。在不断努力的路上，我们既要反躬自省，还需要他人的"过滤"。

为自己找几个"黄金环"，他们能让你更纯粹。

众星不如孤月

2013年高考，安徽考生陈巨飞笔走龙蛇，以一篇文采飞扬的应试作文被北大破格录取。而比陈巨飞综合成绩高很多的众同学却铩羽而归。现在的高中生学兼数门，语外史政，数化物生，无一不能，可谓众星朗朗似的全才。古语云，众星朗朗，不如孤月独明；照塔层层，不如暗亮一灯。人作为个体，与其拥有众多普通的优势，不如拥有一个特别绚丽的闪光点。陈巨飞因此狭路取胜。

同样是高考。在2010年高考中，李泰伯成为北京高考理科状元，名噪一时。中国人民大学附属中学副校长称：李泰伯德、才、貌三者集于一身，是领袖级人才。令人大跌眼镜的是，11所美国名校全部拒绝了他递交的留学申请。李泰伯后来总结了自己的失败原因：如果你每方面都很优秀，美国人是不会相信的。出头的技巧是一个闪光点远远胜过几百个闪光点，因为你能被阅读者记住。

众星朗朗，不如孤月独明。与其拥有一身的光华绚烂，不如培养一种耀眼的、出众的优点，让世界发现和重用。

过热自焚

八月，室内凉风飕飕，空调设定在十七度。几个小姑娘纷纷披上外套，他却热得不行。

局领导刚刚宣布了后备干部名单，要从中选一位教研室主任。听到消息的一刻，他那颗心仿佛引来了整整一个夏天，五六十度的大把火焰燎灼着压抑已久的欲望。老子要出头了，他往胸口擂了一拳头。

他是农村出身，没钱没势，不过好在极善交际，人情练达左右逢源。起初他考取乡村教师，心中千万个不愿。工作一年后，想方设法调进县直小学。对于青年教师而言，这已经很难得。但他年轻、热衷、有野心，对待工作虽然不冷不热，但一想起升官发财就热火朝天。

不久，他通过送礼、求人打通关系，又调到教育局工作。这可是大喜事，在常人看来必定心满意足。可他不过才开心几天，就想着再往上爬爬。这次选聘教研室主任，他又要大展经纶手。他真是太热衷了，对功名利禄一丝一厘也放不下。一想到要当官，他只觉得五脏六腑“腾”地升起一股子火焰，仿佛能舔着天边的火烧云。

他给主管人事的女副局长买了一条金项链，一对玉镯，两套高档化妆品，女局长推了推就收下了。他觉得再稍加打点，必然胜券在握！那一晚他喝了好多白酒，畅想着升官后意气风发人人眼热的风光。天儿热，酒热，心热。他快烧起来了。

人事公布的前一天，他却被纪检委的人带走了。他做梦也想不到，女局长竟然把东西上交了。他非但没有得偿所愿，而且受到上级处分，被下放到乡镇小学教书。他又回到了原点，面对着破墙烂桌，回想自己辛苦走出的两三步，他欲哭无泪。这一盆兜头冷水，瞬间浇熄他执拗的热切。

民国蔡东藩说："可笑那热中人士，接踵而来。"一味的鼓噪前进，终于步入火坑。功名人人热衷，却不知过热则会自焚。知足常乐，适可而止，狂炽时少往心炉里添炭，便能温凉了境界，化险为夷。

寡言少语

从喧嚣走向沉默，是很难的。一个人平常的话很多，如果突然钳制自己的嘴，往往难以坚持。当然，他要是因为外在的因素沉默了，那自然不算数。聪明人在经历一些事后，总会懂得无言的金贵。

我们也许终会知道不说话的好。病从口入，祸从口出，一不小心说了错话，就悔之晚矣。即算不是句错话，而是闲话、废话、空话、大话、玩笑话，往往也不过徒增各人的烦恼，叫别人记着你的多嘴多舌，至多落个“轻浮、长舌”的罪名，人前人后被称作能言鸟，让人调笑，逗趣。

现在，姑且是一帮子人堆在街头巷尾，很有心、很热情地在讨论一个比较公益的问题。这样也不讨好。为什么呢？你说得好吧，未必人家都信服，毕竟哈姆雷特有很多嘛。你要说得不好，又会遭人围攻，淹死在唾沫里。不论你说得究竟好不好，自鸣得意的言谈最终都暴露了你的无知和浅陋。这就是老祖宗教育后人“少说多听”的缘故。一个话多的人，心里基本蓄不下什么脱俗的见解。思想这种东西，初发的时候一定要好好保存，让它慢慢发酵，酝酿，后来才郑重地拿来，摆到桌上。倘若一有什么就迫不及待地说出口，听到别人聚谈自己也懂的东西，就一个猛子扎进人堆畅言，往往只是尽一时愚夫之兴而丧失了提升凝练的机会，好比一杯刚发酵了一时的酒，耐不住兴奋就激荡起来，想与泔水齐飞，受享凌空的快感了。

有些话不必讲给愚者，因为别人听不懂也不会听，反而嫌你多事。更何况言多必失，祸从口出呢！所谓天机不可泄露，就是这个道理。为了追求别人的认同或自身的痛快，就忘乎所以地大放厥词，炫耀鄙论，以期喝彩——这只是为人所不齿的行径，不足取。

大音希声，大象无形，老子的话不是白说的。至于“此时无声胜有声”，知道这句的又确实大有人在。有的人沉默，是因为有话说不出——此中有真意，欲辨已忘言；有的人沉默，是因为有些话没人听——便纵有千种风情，更与何人说；更有另外一种人的沉默，是说不出话了——执手相见泪眼，竟无语凝噎。这虽然有些凄切，但毕竟比“临别赠言”之流高明得多，正是所谓的“千言万语，尽在不言中”。

做人，应沉默少说，即使酒逢知己千杯少，不还有话不投机半句多嘛。客套话浪费感情，真心话伤害感情，“丑话说在前头”，难免显得无情。“话虽如此”，有时还要“打开天窗说亮话”，不要藏着掖着“话里有话”。闲来无事，就多吃话梅，别没事找事地断人话头儿，接人话茬儿，抓人话柄儿。真有那功夫，还不如把这废话、空话、闲话、气话、假话、大话一股脑儿写下来，编本册子，警戒自己，什么是不该说的“话”。

打

我要谈一谈“打”。

中国的“打”可谓博大精深了，这主要是我们中国人都善打，能打，打起来有规矩，有套路，从不乱打一气。为了让大家知道打，会打，在此，我还是打个比方吧。

这天是黄道吉日啊，天不打雷，鞋不打脚，小三出门儿去打酱油，小三打小就是懂事的孩子，这一路上跟人打交道，碰见打官腔的，就给人家打个千儿，作个揖，碰见小青年儿，就和人家打哈哈，没一点子正经事。话说小三边走边打算，到底哪家子油贱呢，正打着主意，突然听见打架的声音，于是兴冲冲地跑过去打听，一问才知道是有打场子卖艺的。小三琢磨着有看头，就从人群外打入“内部”，喜滋滋地看起来，忘却了打油的差事。

过了半炷香的功夫，场内演员乙被打得满地找牙，看热闹的还在喊“打落水狗、打落水狗”，小三不知是“戏”，心里那个气呀是不打一处来，于是跑上场子打抱不平，教育人家“有话好好说，何必大打出手呢”。这帮跑江湖的刚收场，正要打钱收银子，不想半路里窜出个打嘴仗的来胡搅蛮缠，心里头左也不是，右也不是，打量了小三一番，然后哭笑不得地说：“这位兄台打哪儿来，小的们不知怎生冒犯了，希望仁兄打开天窗说亮话，不吝赐教，好让小的们改过。仁兄一打照面儿就要砸我们的场子，是存心找碴了？您老哥要是想打擂台，那咱改日一定奉陪，要是想打秋风耍无赖，那您想也甭想。兄弟们都是打小走江湖的，有路敢闯，有架敢打，您现在要打退堂鼓，还为时未晚，再等个一时半刻，弟兄们可要拿拳头打发您老了！我看您还是趁早打道回府吧……”

这卖艺的一打开话匣子就没完没了，把一群看客忽悠得直打哈欠，站在场子里打晃。小三楞了老半天，两眼滴溜溜地直打转，心里扑通扑通打鼓，再看看周围人都打趣自己，看来自己打了自己嘴巴，再不走要被打成反动派了，于是笑嘻嘻地冲人家打躬作揖：

“这位兄弟，我们都是高喊‘打倒帝国主义’的革命同盟，千万别伤了和气，正所谓不打不相识嘛！今天小弟多多打搅，真是该打，不过老哥您看大家都打灯笼了——天晚了呀，小弟还得赶快打个的去打油，要不然店子可就打烊了……这样吧，各位弟兄，咱们就此别过。青山绿水，后会有期，如何？”

这跑江湖的听小三啰啰嗦嗦地絮叨，早已不耐烦，听他说完了，连忙道：“不打紧，不打紧，满打满算还有半个时辰，您趁早忙您活儿去呗！”

这故事到这儿我可讲完了，也不知道老少爷们见识了“打”的厉害没？咱们汉语的“打”无处不在，无时不闻。和尚打坐，道士打醮，欠人账的打欠条；强盗打劫，铁匠打铁，做买卖的打算盘；吃饭的打嗝儿，挨饿的打晃儿，娶不上媳妇的打光棍儿。中国的“打”，打进了三教九流，打出了五花八门，非“打”得你五体投地不可。至于咱们做学问呐，更是要打破砂锅问到底哟！

习惯于安逸，或习惯于努力

19世纪末，美国康奈尔大学的科学家突发奇想，把一只青蛙丢进沸水中。青蛙迅速跳出，得以逃生。科学家又把青蛙养在温水里，青蛙怡然自得，水却在慢慢加热。及至青蛙意识到危险，已经骨软筋酥，无力逃脱。人也与青蛙无异，有着好逸恶劳的天性弱点，但习惯却是后天养成的。有的人习惯于安逸，有的人习惯于努力。

习惯于安逸的人卧于温水之中，厌恶风雨，抵触改变，躲避危机，贪图享受。即便曾经努力攀登，也总是容忍自己半路堕落。他们的梦想就是躺在被窝里，等待天上掉馅饼。而习惯于努力的人就像热水中的青蛙，与环境周旋，与危难共舞，果断抛弃安逸的生活，主动适应缺氧的新高度，形成更强大的呼吸能力。

1644年，李自成的部队攻入北京，可谓大功告成。可面对京城繁华、楼台声色，他们的内心失守了。勇猛前进、自强不息的闯王精神被抛之脑后，部队从上到下开始了“天天过年、夜夜笙歌”的日子。李自成一心沉迷于称帝的幻想，牛金星则做起了太平宰相的美梦，各级将领忙着修建府邸，抢占园林。不久，明军卷土重来，耽于安乐的闯王起义军锐气全无，一败涂地。

逸豫可以亡身，忧劳可以兴业。习惯于安逸的人渴求安逸的生活，如雀求米，如虫嗜蜜。却不知日日饱食，难逃网罗之险；一朝入蜜，陷身不能难拔。习惯于努力的人总是满足于片刻的休憩，而后大步前行，心无挂碍。他们面对长久的安逸时，不但不喜，反而畏之如虎狼，弃之如敝屣，时刻保持清醒的头脑，简朴的生活，迅捷的姿态。

北宋文学家范仲淹出身贫寒，幼年不幸。为了节省粮食，他以糙米熬成稀饭，冷之成冻后划为四块，早吃两块，晚吃两块。每日食不果腹，依旧坚持读书。每当乡里富户舍粥放粮时，穷孩子们都去乞讨吃喝，求得旧衣，唯独范仲淹无动于衷。

同学张某将范仲淹忍饥饱学的事情告诉了父亲，这位父亲十分感动。他做好一桌丰盛的宴席，让儿子送去，范仲淹却拒绝了。张某以为范仲淹羞于接受，放下东西便跑了。三日后，张某前来探望范仲淹，桌上鱼肉一丝未动，已然臭了。张某忍不住责怪道："多可惜啊，你怎么不吃呢？"

十二岁的范仲淹说道："鲜衣美食人人所爱，我怕的是——吃了这些美味佳肴，沉迷于此，以后就再也过不惯艰苦的生活了，再也没有穷且益坚的青云之志了！"张某听后，既感且佩。范仲淹拒绝享受，自求进取，终成一代大家。

在安逸的日子里，李自成不进而退。在努力的习惯里，范仲淹终成正果。当我们主动抛弃"天上掉馅饼"的虚空妄想，捡起"习惯于努力"的生活方式时，幸运和进步就会纷至沓来。

史学家司马光贪睡，却肯主动用功。他用圆木做了一个警枕，半夜一翻身，枕滚头落，自然惊醒，便起床著书，《资治通鉴》便是这样得来的。习惯于安逸，还是习惯于努力？人人当有一警枕也。

第二辑　一个人的阵势（性趣篇）

名士跨年

春节是中国的第一大节日，自古风流名士们跨年迎春都别具一格，更显跨年意义。

1094 年，大才子苏东坡被贬谪在惠州，迎来第一个本乡的新年。过年那天，老苏感慨万分，写诗留念：前年侍玉辇，端门万枝灯。今年江海上，云房寄山僧。想起去年过年还在京城，牙旗飘扬铁树银花，而今却“小市人归尽，孤舟鹤踏翻 ”。这一个跨年，直踏翻了人生的五味瓶，酸甜苦辣咸一并倾倒在大年初一。

有趣的是，苏轼在 1101 年又跨过一个反差极大的喜庆年。那时他被皇帝召回朝堂，北归时恰逢新年。苏东坡沿路北上，所到之处万人空巷，天下百姓争相目睹这位举国闻名的大文豪。苏东坡此时志得意满，写诗道：所得龙光竹两竿，持归岭北万人看。

与苏东坡不同，廖仲恺跨年时少了几分诗意的洒脱，更多的是忧国忧民的节俭。有一年过年，府里的管家向廖仲恺请示：“今年的沙田柚大获丰收，价钱便宜了，买些回来招待客人吧。”不想廖仲恺竟说：“跨年跨年，跟平时有啥不一样？平安就是福。目前政府银根短缺，沙田柚是名贵水果，我看还是省下吧。”最后以桔子代替。

大年初一，孙中山和宋庆龄双双来拜年，一进门便看到桌上大红的桔子。听说廖仲恺这个国家财政部长竟如此俭约地过年，孙中山巧思妙语：“大吉（桔）大吉（桔），吉庆满堂，中华大吉，世界大吉！”

中国人跨年，历来节俭与享受并重，文字味儿和民俗味儿皆浓。或许不及西方人那么浪漫、虔诚。如西班牙人跨年，要等到半夜十二点。教堂钟声一响，大家开始静静吃葡萄。敲一下，吃一个，吃够十二个就算大功告成。

然而，无论是法国人的酩酊大醉，意大利人的“摔碗砸盆”，还是棕榈岛的 45 万只烟花，维多利亚“一生一世”的新年倒计时，总不及传统的跨年那样有味儿，那样亲切。

明朝的清官海瑞安贫知命，一文不名。过年那天，满朝文武奔走相告：“海瑞家今天上街买肉啦！海瑞家今天竟然上街买肉啦！”

这样的跨年，真是安心而动人。

大人物的小聪明

同治皇帝不喜欢读书。师父拿他没办法，无奈地哭起来。同治皇帝遮起书上“君子不器”中的两个“口”，请师父读。师父一看就笑了，原来是“君子不哭”。

康熙病重，回光返照的一瞬发现只有雍正在自己身边。天纵英才的康熙立刻明白，雍正想要篡政。康熙怒火填膺，抓起念珠砸向雍正。雍正不喊疼，反而高声谢道：“谢父皇隆恩！”这句响彻云霄的话传到室外，大家都以为皇帝已经传位于雍正。等雍正手捧康熙的贴身念珠出来，阿哥们更是深信不疑。这虽是个民间传说，不能拒为史实，也别有趣味。

南唐后主李煜的妓妾偶尔漂染一块浅蓝色衣料，夜间忘记收回。早晨一看，沾了露水的衣服反而更加明丽。李煜非常喜欢，于是细加研究，竟然误打误撞地创造出一种独特的衣料，美其名曰“天水碧”。

元顺帝经常设计图纸，制作房屋宫殿，还专门制作了一条大型龙舟，可谓巧夺天工，后人称为“鲁班天子”。另外，一个“木匠皇帝”是明熹宗朱由校，他经常边拉锯边向魏忠贤颁发圣旨。宋神宗在这方面也很有点小聪明，他自己造了一架车辇。

东晋明帝是个业余的风水大师，很会看风水；而宋高宗就喜欢给大臣算八字，曾若有其事地说秦桧是国家的栋梁。

大人物多有小聪明，虽然看似荒诞不经，却也不失为人性的小趣。

银白轻捷的尼采

他出生在普鲁士一个小乡村，爸爸是当地有名的牧师，两岁半时，他才会说话。十九世纪的天空蔚染着这片国土，大地明亮，河流寂静，他是一个沿着流水踽踽独行的小人儿。

五岁时，他的爸爸和弟弟相继病逝。再没有一个男人在面前，亲切、自信地指引他。亦没有一个兄弟在后，天真、热情地追随他。忧郁和黑暗的涌流割据了他的童年。受母亲宗教信仰的雕凿，他一生勾勒着清教徒的线条，如石塑般质朴、深刻。

他很少玩耍，也不愿接近陌生人。那激情、超常、富有神秘感和问天求道色彩的谈吐，令人难以交谈。一次，他在旧书摊邂逅叔本华的《作为意志和表象的世界》。一瞬间，他找到了自己的朋友。他每天读到凌晨两点，心中满是相识恨晚的冲动。没有一个朋友，只是与书、与自我喁喁低语，从衔着露珠的清晨，到散开暮色的黄昏，这是一个人的旅行。

1869 年，他被聘为巴塞尔大学语言学教授，年仅 25 岁。学术界的巨大涡轮已示好“增压”，他却选择离经叛道。大路上伙伴众多，我偏不走，要去辟一条独上天涯路的寂寞曲径。1872年，他发表了第一部著作《悲剧的诞生》，作品充满反潮流气息，且攻击了大卫施特劳斯。他的名字——尼采，因此被大家所瞩目，又被学术权威们所排斥，强力的，推拒式的。

1886年，尼采踏上罗马的旅行。在那里，他遇到莎乐美。这是一个才貌双全、聪颖可爱的俄国少女，也是他的学生。两人一块到卢塞恩旅行，度过一段甜蜜时光。陷入情网不可自拔，他的哲学思维从没经历这样的乏力、浑浊、惊心动魄。他那么的孤僻，那么的羞涩，以至于无法开口示爱。不到五个月，这段幸福戛然而止。未来漫漫长途，注定仍是一个人的形影相吊。

他在余生里取得巨大成功。浪迹天涯时的沉思汇聚成《善恶的彼岸》，汇聚成《偶像的黄昏》，汇聚成《道德的系谱》……皆赫赫有名，承载大道。1889年，灾难降临了。精神恍惚的他走在都灵大街上，一个马夫正在虐待嘶嘶哀鸣的老马。他突然上前抱住马脖子，失声痛哭。踽踽独行中深踩的终其一生的孤独，瞬间鼓胀，沙底压抑的水奔腾涌射，击碎干涸的天空。

1900年，尼采在魏玛辞别了这个风雨飘摇的人间，结束了一个人的旅行。

“银白的，轻捷地，像一条鱼，我的小舟驶向远方。”

第一才子

他是虎年出生的，又是寅月寅日寅时，所以单名一个“寅”字，随父姓唐。

那还是明朝，山未坏，水未死，江南灵秀地出个把人才是常有的事。说起来，他是大把选调生里最卖弄的一个。自制篆章一枚，往光洁如玉的泾县宣纸上一按，赫然八个字——江南第一风流才子。

十六岁参加科考，夺得头名，震惊苏州城。二十九岁参加乡试，夺得头名，震惊江南。三十岁参加会试，名落孙山，震惊朝野。如果不是科场舞弊案，或者苏州城里也该有他跨马游街的身影吧。

那一年，与他同路赶考的江阴巨富之子徐经，暗中贿赂了主考官的家僮，事先得到试题。事情败露后，他受到牵连。当时京城会试主考官是程敏政和李东阳。两人都是饱学之士，试题出得十分冷僻，很多应试者都答不上来。其中唯有两张试卷，不仅答题贴切，且文辞优雅，使程敏政高兴得脱口而出：“这两张卷子定是唐寅和徐经的！”这句话被在场人听见并传了出来。

徐经先前干的龌龊事本已经露了风声，这次程敏政又在考场这样说，言官们立刻认定三人同流合污。一帮人纷纷启奏皇上，均称程敏政受贿泄题，若不严加追查，将失天下读书人之心。孝宗皇帝信以为真，十分恼怒，将三人押入大理寺狱。

唐寅出狱后，被谪往浙江为小吏。他不肯为几斗米折腰，竟然无视朝廷旨意，跑到虎丘游山玩水去了。秋香就是在这里遇到他，在一个芦花四洒的秋夜。为了显摆自己的才情，他想照老规矩题诗相赠，一摸书包才发现没纸了。佳人当前总不能两手空空，他眼珠子一转，把朝廷签给他的任命文书潇洒地铺开，在背面豪情四射地写了一首诗，送给秋香。野史上说，后来秋香就嫁给了他，因为那首诗每句的头一个字把她倾倒了：我画兰江水悠悠，爱晚亭上枫叶稠，秋月融融照佛寺，香烟袅袅绕轻楼。

考场失意，情场得意，总算是老天待他不薄吧。但他自己没钱，就越加讨厌有钱人。自己没官，就越发讨厌当官的。平时父母官请他喝酒，他往往推说业务忙没时间，其实是跑到小茶摊上躲人家。有一次中秋佳节，下请帖的人快把门槛踩烂了，他一时无藏身之处，竟然撑一叶扁舟去了西湖。

天有些冷，到酒肆弄两壶吧。他自言自语，喝了好久。埋单的时候，才发现没带钱。小二哥摁住他瘦小的肩膀，口口声声骂他穷鬼。他把扇子一打，说我家的钱在这西湖之上打水漂也够打个一天一夜，只是没带。要不拿这把扇子抵押吧。小二不依，要他卖了扇子再付现钱。

唐寅无法，只好当街叫卖起来。这时一个书生走上来，才看一眼就连声叫“妙”，然后又不住地叹息。旁人问他叹什么，他说妙则妙矣，可惜我买不起啊。直到书生点破，围观者才知道衣衫褴褛的酒鬼竟然是江南第一才子。

一时间，整个杭州炸开了锅。惊闻此讯的杭州首富马上赶来，把一麻袋的银钱丢在唐寅脚下，说要买这把扇子。唐寅一看是个为富不仁的东西，笑嘻嘻地说：“转过身去，我为你另画一幅吧。”说罢，在富商背上泼墨，然后纵马绝尘而去。在围观者的轰笑声里，富商脱下衣服一看，气个半死，原来唐寅给他画了个王八。

五十四岁的一天，唐寅在桃花坞里睡眼蒙眬。看着窗外满天飞舞的桃花，想起“我爱秋香”的往事，渐渐合上了眼睛。或者从此，他便进入了默默的《山路松声图》里，得到永世的逍遥吧。

一个人的阵势

中国的黑色幽默，大多发生在改朝换代时。有时候历史的剧情是非常戏剧化的——一个将要做皇帝的人站在殿下，一个将要让位的皇帝坐在龙椅上。一番寒暄后，两人就会调个个儿。

魏晋时候，萧衍是皇帝里头的优秀生。他虽然是前朝帝王的远房亲戚，但毕竟属于白手起家。年轻时萧衍造了朝廷的反，成就国之上将，最后打造了大梁帝国。做上皇帝的萧衍可以说兴致勃勃，每天批阅奏折，乐此不倦。有一年冬天，朝臣觐见萧衍，发现皇帝的手都皴裂了，还在翻阅奏章。

萧衍也是人，岁月不饶人。上了年纪的萧衍有点老年痴呆，开始信教。他常常把自己捐给佛寺，然后再让奴才们花钱把自己赎出来。他的身价是一亿钱。想起他年轻时代的个性，大家都觉得有点不可思议。萧衍二十来岁时喜欢和别人的奴婢偷情谈恋爱，现在自己有三千佳丽了，反而转性要当和尚。这真叫人捉摸不透。

萧衍三十九年那年，一个痞子出世了，绰号狗子。他出生在民风剽悍的内蒙古，十来岁就学人家收保护费，欺负老实人。奇怪的是，这个人只骑马，不走道。等到大伙儿知道他左脚天生有一肉瘤后，乡亲们都开心得聚餐庆祝。

狗子人不好，命好。他虽然是流氓恶霸出身，却注定要到金銮宝殿上走一遭。在他三十来岁时，已经考取了正部级干部，手底下还搂着好几个军分区。四十五岁那年，狗子的大名彻底走红，每当提起侯景这两个字，大家总是怀着由衷的钦佩，谁也不会说他小时候是痞子头狗子。因为这一年，他造反了。

听到这则噩耗时，梁武帝萧衍正在后花园赏花。内侍们一片唏嘘，萧衍却捋着胡须，豪迈地笑起来："不妨不妨，待我折根竹鞭，抽他一顿就行了！"言辞之间，仿佛侯景只是他们家门口一只失心疯的看门狗。且不说事到临头谁成谁败，单只萧衍的这份王者气魄，也能雄踞千古了。

俗话说得好，该来的早晚会来，躲也躲不掉。一天，国务卿萧正德给侯景送了一批豪华军舰，本来为无法渡江愁白了头的侯景就这样"三军过后尽开颜"。那是在一个空气清新的早晨，阳光明媚，春意盎然。萧衍坐在龙椅上，双目如炬，等待侯景的冰刃刺入自己的胸口。然后，侯景和他的五百个保镖在历史的镜头下出现了——逼上金殿。

一段很有趣的对话进行着。

萧衍："你来了？"

"来了。"侯景说。

两个人就像邻居在寒暄。

萧衍俯视侯景，不慌不忙地问："你是哪里的人，竟敢作乱，你的妻子、儿女还在北方吗？"侯景害怕得汗流满面，竟不知道怎么回答，仿佛被擒的是他。旁边的部下替他说：他的妻子和儿女都被别人杀了，现在孤身一人。

萧衍问："你过江时有多少兵马？"

侯景答道："千人。"

萧衍问："攻城时多少？"

"十万。"侯景说。倘若不知情，任谁都会以为这是老子训儿子，谁能想到这是俘虏在向胜者问话。

"现在呢？"

"率土之内，莫非己有。"说到这里，侯景才稍稍有点底气。

最后竟然是被俘的萧衍安慰胜者侯景："你有忠心于朝廷，应该代朕治理好天下，不要骚扰百姓。"

此时的侯景已经汗如雨下。他都忘了自己才是真正的胜者为王。那年萧衍大概有八十多岁，而侯景正当壮年。一个将要退位的老翁，对阵一个跋扈逼宫的将军，居然如此的从容不迫，波澜不惊。就是这份海量，十个侯景也及不上他。可见一个人的阵势，不仅来自背后的力量、手里的权力，更源于其胸中雄浑的气魄。

纵你千军万马，我自岿然不动——萧衍一个人的阵势，足以震古。

疯子宗师章太炎

1914年农历正月初七，北京城一场大雪，还在纷纷扬扬下个不停。中南海袁世凯总统府，被掩映在玉树琼楼中。站岗的武警以口呵手，借以取暖。突然，一辆人力车直冲门前。车上走下来一个人，身穿一件满身油垢的羊皮长褂，手拿一柄诸葛亮式的羽毛扇，扇下坠有一枚景泰蓝大勋章，格外耀眼醒目。其貌不扬与大红勋章，见多识广的警卫人员深知此人必有来头，不敢怠慢，急忙把他请进会客室，问道："您老找谁？"这老头眉毛一抬："见你主子袁世凯！"警卫听了，连忙去禀报。可是等了许久不见消息。老头大怒，顺手举起桌上一个青花瓷瓶，砸向墙面正中的大总统像。只听哗啦一声，袁世凯的画像跌到地上，警卫吓得瘫倒。这个老头就是国民党元老，鲁迅的恩师——章太炎。

谈古论今，说得上荒唐可笑而又辉煌无比的，也只有他了。章太炎早年在日本，因积极从事反清革命，常常被日本警察跟踪调查。他发现后，就在户口旅居调查卡上故意写上：职业——圣人，年龄——万寿无疆，出身——私生子。如此放浪形骸，如此戏谑当局的人，当时并无第二位。在苏州大学当教授时，有一次讲完课回家，他实在太累。由于住的是一排平房，他分不清哪座房子是自己的，就走进了人家的屋子，倒头便睡，很快进入了梦乡。谁也没有想到，屋主是一位少妇。人家回来一看，家里躺了一个生面孔的大男人，吓得大呼捉贼。邻居们纷纷来助战，要拿他见官，幸亏有人认出这是学校里有名的疯子教授，便推醒他劝之回家。他见屋里一时间来了这么多人，还不知道发生了什么事，依然睡眼蒙眬，嘴里还直抱怨："我睡得正香，你们瞎嚷嚷什么呀？"好像是人家私闯了他的民宅。

说到章先生，最有趣的就是花钱两个字。对于买卖，章太炎一直不在行，马马虎虎，甚至懵懵懂懂。他叫仆人去买包香烟，就给五元大洋（是仆人两个月的工资），他的儿子张导要做件大衣，也是给五元大洋。后来他要在苏州建房屋，还是给工头五元大洋。他以为有了五元大洋，什么事情都能办似的。有一回章太炎从孙中山家里回来，门口仅有一辆黄包车。章先生不管是不是来接他的，上去就让工人拉着快回家。拉车人问他去哪里，太炎说："家里。"车夫又问："你家在哪里？"太炎说在弄堂里。后来两人在上海大世界转了整整一天还没找到家，太炎自己也想不起来。最后还是孙中山派人上街询问，正好看见章太炎坐在车上顾盼自若，迎面而来，还要接着转圈。此事之后，他的妻子在他出门前总是再三叮咛：放在右口袋里的钱是出门的车资，放在左口袋的钱是回家的车资。并把地址一起放在章太炎的口袋里，以免再回不了家。

说到他的妻子，就要讲讲他的婚姻。章太炎的第一次洞房，是他二十五岁那年。令人奇怪的是，章太炎不像别人先娶妻，再纳妾。而是仅纳妾，没有正式结婚。他的小妾王氏给他生了三个千金就死了。章太炎标新立异，爱出风头，竟然登了一则征婚广告：1. 以湖北女子为限；2. 要会写文章；3. 要大家闺秀；4. 要有从夫之美德。以上几个条件在别人看来实在是苛刻，而且他自己是浙江人，却偏要找个湖北的对象，真不知道他怎么想的。果然，岁月蹉跎，直到十年以后章太炎才物色到一位小姐——汤国黎。这时候章太炎已经46岁了，而汤国黎正值妙龄。婚后两人去杭州西湖度蜜月，却平地起风云，大吵了一架。原因是汤国黎有洁癖，嫌章太炎太脏，既不洗澡也不换内衣，臭不可闻，难以忍受。不过，在外人的督促与强制下，章太炎的秉性有所收敛，总算和好如初。

如果说章太炎这个老公还算及格，那他作为父亲就实在说不过去了。章太炎大女儿的婚姻是他自己一手促成的。经他做媒，把女儿许配给了他的学生龚宝铨。婚礼十分简单。结婚那天，他不动声色，连亲戚朋友都没有通知，就叫女儿用蓝包袱拾掇了一些衣服，让新女婿前来他家，雇了两辆黄包车接回去，就算完成了婚姻大事。亲戚朋友们知道了，纷纷责备他。他却振振有词："这是以牛车送亲——遵照古礼啊！"

章太炎兼革命大家、国学大师与疯子于一身，一生特立独行，卓尔不群。最后，我们还是借鲁迅的话为老先生盖棺定论吧："我以为先生的业绩，留在革命史上的，实在比在学术史上还要大。考其生平，以大勋章作扇坠，临总统府之门，大骂袁世凯的包藏祸心者，并世无第二人；七被追捕，三入牢狱，而革命之志，终不屈挠者，并世亦无第二人；这才是先哲的精神，后生的楷范。"

逐退群星赵匡胤

江山如此多娇，引无数英雄竞折腰。惜秦皇汉武，略输文采；唐宗宋祖，稍逊风骚。词中的“宋祖”，就是大宋开国皇帝赵匡胤。

唐末五代，正是混战之时，一个衣衫褴褛的青年正从历史的角落蹒跚而来。他已经受了太多的苦，多年的流浪生活使他厌倦了江湖嘈杂。于是，他开始在一个小镇做长久的歇脚。一天，他到郊外打发无聊的时间，却听见几个文人墨客你吟我咏，赞那一轮初升的朝阳。从来不喜欢吟风弄月的他突然兴致大发，一首诗从心底随手拈来：太阳初出光赫赫，千山万山如火发。一轮顷刻上天衢，逐退群星与残月！肺腑之间如此大气，一点也不输毛泽东的“今日长缨在手，何时缚住苍龙”。这个潦倒无助的小伙子，就是后来陈桥挥兵的赵匡胤。

后唐天成二年，赵匡胤出生在一个军人家庭。像普通男孩子一样，赵匡胤顽劣，调皮，好动。有一次，他摆脱家丁的看护，跨上了一匹烈马。谁知这匹烈马可不管他日后穿的是布衣还是蟒袍，一声狂嘶，便朝城门驰去。小匡胤措手不及，一下子撞到了实木大门上。行人看得目瞪口呆，心想这孩子完蛋了，等着收尸吧。接下来的一幕却让守门的卫士瞠目结舌，只见小匡胤一个鹞子翻身，转眼间又飞身上马，恍若无事。

长大以后的赵匡胤在野心的撺掇下，终于决定下海捞一把。只可惜他成事不足，反而弄了一身水。命运把赵匡胤放到了韩信的模具里塑形，两人在求职方面遭遇惊人的相似。屡次碰壁后的赵匡胤信心愈减，直到求得那一支签，他才发觉这世界还是一个“王侯将相，宁有种乎”的烟火人间。

那天，垂头丧气的赵匡胤鬼使神差，走进了河南的高辛庙。进香的百姓络绎不绝，烟气笼罩着庙堂。不幸者总会寄希望于神，赵匡胤也不例外。他抓过香案上满是签子的竹筒，一边默默祷告，一边晃动签筒。经历了太多挫折的赵匡胤已经不复当年雄心，他在心里惶恐地问：我能不能当个小校。一支签子甩了出来，两个字：不吉。他又接着问了几个小官，均为不吉。当他问到自己能不能做节度使，仍是下下签。再也无法承受打击的赵匡胤这回真的急了眼：这也不吉，那也不吉，难道要我做皇帝不成！

上天好像故意和他开了个玩笑，这句无心之语刚刚脱口而出，一根竹签马上跳了出来，批着两个红字：大吉。失业的赵匡胤终于开心地笑了，这支签如同一支兴奋剂猛地扎进了他的胸膛。在那个迷信的时代，占卜的结果就像一粒种子，深深埋进人们心中。只要遇到合适的机会，它就会生根发芽，惊世骇俗。

对于英雄的成长来说，乱世就是风调雨顺的时节。果然是时势造英雄，几年之中，赵匡胤在千军万马里淘来了名声，也淘来了野心。黄袍加身后，一个不为人知的地方被八百里加急般传遍历史，磨破了后人的嘴皮子，那就是陈桥。

开宝七年，闲不下的太祖皇帝又盯上了南唐这块香喷喷的脆骨。这时候的南唐后主李煜，还在卖弄风流，“一晌贪欢”。等他这一场午觉终于醒来时，赵匡胤已经把大宋的旗子插到了江南烟雨中。做个才人真绝代，可怜薄命作君王——这个投错胎的文学天才到最后还在天真地质问："江南无罪，何以伐之？"宋太祖只回他一句："卧榻之侧，岂容他人酣睡！"

赵匡胤统一天下后，时常以打鸟为乐。有一天，他在御花园拿弹弓打麻雀。正玩到兴头上，不期有个臣子禀报，说有要事启奏。赵匡胤只好把挽起的袖子撸下来，一本正经地接见他。一问之下，才知道根本不是什么"要事"，只是普通政务。

赵匡胤脸一黑，就问他为什么谎报。那人说："这件事不算急事，但似乎比皇上打鸟要急得多了。"赵匡胤一听大怒，拿起弹弓就打碎了人家两颗门牙。只见那人用袖子揩掉嘴边的血，慢吞吞地拾起地上的牙齿，装进口袋。

太祖感到奇怪："你把打落的牙齿藏起来，难道还想到衙门告我吗！"那人退后两步说："臣不敢告陛下，也告不了陛下，但是史官却会用春秋史笔为臣伸冤！"

闻弦音而知雅意，太祖默然。自从平定天下后，自己逐渐迷失在欲望之中，那"逐退群星与残月"的壮志，也渐渐忘怀了吧。不久，太祖薨于宫中，死得蹊跷。

赵匡胤此人生得贫贱，闯得艰辛，活得优裕，死得离奇。盖因一番壮志，成就了大业，令后人不胜唏嘘。

大宋女子的鼓点

这是你想不到的。当年力挽大宋半壁江山的巾帼豪杰，竟是青楼出身。

她原本不过是个民间女子，小家碧玉，后来在战乱中沦为营妓，烹调着“半点朱唇万人尝”的卖笑生涯。

那是一次偶遇。受将军招呼，她前往后庭献舞。在朱檐画壁的长廊里，他看到她袅袅地走来，如云似雾，倾城倾国。她也呆了，眼前这个把门的小卒，有着多么让人惊心动魄的眉宇啊。将军颇有识人之能，于是把她赏给了他，酸且无奈地说：韩世忠，“宝剑”赠英雄吧。

她不嫌弃他是个卒子，他也不追究她的过去。日月轮转，他成了大将，节度两省军马。而她的韬略与大勇，已经足以执掌半壁江山。那时候她的丈夫和岳飞各领风骚，抵抗金兵。无事时，两个驰骋疆场的大男人却还要坐下来聆听她的指点。酒热杯温，青梅数颗，她轻启朱唇，阵前便是风起云涌。

1129 年秋，金兵败退。她闯出闺房，身披黄金锁子甲，率领八千子弟围堵十万金兵。一时间朝野震动。那天，她亲自上阵，冒着密密的箭雨登上高处，操起鼓锤，紧紧慢慢地敲了起来。八千军士跟着鼓点起伏拼杀，如有神助。想不到大宋朝凄凉的尾声，本该多么暮鼓沉沉，竟也悲壮激越地，被一个女子敲响。仿佛，最后的低吼。

她的名字，唤作梁红玉。

隐士

“归去来兮，田园将芜胡不归？既自以心为形役，奚惆怅而独悲？悟已往之不谏，知来者之可追。实迷途其未远，觉今是而昨非。舟遥遥以轻飏，风飘飘而吹衣。问征夫以前路，恨晨光之熹微。”

这是一个真正的乱世，处处滋生着惊恐和不安，处处蔓延着淫恶和奸邪，灰飞尘浮，掺杂十足的血腥。人情的浅薄，世态的炎凉，密布的圈套，阴暗的埋伏，赤裸的金钱游戏，错综复杂的社会关系，尔虞我诈的名利斗争……

生于斯，长于斯，或许你真的疲倦了，厌恶了，惕戒了，惧怕了，那么，从你心底，便会浮出一个悠远而别具神韵的词语：隐士。

纵观历史长道，能够从名利的急转车轮下逃生的，只有逸居山林的“高人”们。他们历经了风雨飘摇，灾祸种种，看透了社会风云巨变，阴晴无常。于是，干脆把一顶顶的高帽子往恭桶里一丢，甩掉肥大不适的官靴，赤足而去了。

然而，到哪儿呢？官场的险恶已不必说，文坛的议论和毁谤、商场的奸诈和出卖；军队的残酷和危险、农民的苛捐和贫苦……哪一类组织也容不下他们。该去哪儿呢？

不知是谁灵机一动，恍然说道：“这大好的山河林野，幽泉怪石本是老祖宗给我们留下的风水宝地，为什么不去呢？”一个心思，一个提议，一个惊叹，一个悔悟。于是，尘世之外又多了一个群体：隐士集团。

他们或是三五成群，或是傲然独处，游戏于峰谷之间，草本之中，与虫蚁为伴，以禽兽为邻。听鸟唤虫鸣，赏绿水青山，吸清幽之气，临日月之光。每天清晨，扛起锄头，“吱哟”一声推开柴门，便消失在一片雾白里，融化进一片青翠中，得意地去耕耘那永远铲不尽野草的豆田。陶渊明就是这样：晨兴理荒秽，戴月荷锄归。傍晚时分，夕阳没入渺渺的几座峰中，飞鸟结伴而还。陶渊明左肩担着一把旧锄，右肩担着一轮明月，晃晃荡荡地，从曲径上回家了。到了明天，再给自己放一下午的假，优哉游哉地踱到东篱下采菊。秋日菊香四溢，色彩非常。正这么采着呢，无意抬头，远远的南山却逼入眼帘，犹在跟前，意随境至，不由脱口高吟：采菊东篱下，悠然见南山。清远之音久久回荡在群山之间。

这一系列的人物，还有好多。以梅为妻、以鹤为子的林和靖；放浪江湖、自号烟波钓徒的玄真子；九里山野居、种梅画梅的煮石山农；坚辞显爵、宁隐吴淞的陆龟蒙……

他们个个摆脱红尘俗事的纷扰，为自己寻了一个洞天福地。谁也不能拘束，谁也不能冒犯。睡到日上三竿也可以，玩得天昏地暗也没问题。嬉笑怒骂，唯我独尊。可惜，远古的他们早已随风云飘逝，只留下淡淡的、瘦长的影子，被抛弃在了厚厚的史书中。而正是如此，使如今的“隐士”也携同着被时空遗忘。世界未曾给他们留一点立锥之地。

纵如此，也不必伤悲。想要隐避，又何必特意找寻。说什么“开荒南野际，守拙归园田”，说什么“雪满山中，月明林下”，不用，全都不用。只要心地出尘，灵魂如洗，处处皆是世外桃源。只要摒弃俗念，淡泊名利，哪个又算不上隐士呢！正如陶渊明之言：问君何能尔，心远地自偏。面对世事的种种嘈杂，我们尽可以在自己的灵台上辟出一亩荒地，种上四时不谢之花，八节长春之草。常常舀来净水浇濯，随时收获东篱之下的幽香。生为平民，做个隐士，最好。

糖僧

光绪二十九年，一个翩翩少年踽踽独行，从九龙云游到惠州的惠龙寺，看破红尘，落发为僧。正当青春年华，放着一桩良姻不要，却偏偏剃了头当和尚，何其怪哉。

他便是赫赫有名的革命诗僧苏曼殊。1904 年，曼殊大师受不了庙里的清规戒律，又逃回香港做了“花和尚”。那个年代正是风云际会之时，康有为骗了华侨捐款后吃喝嫖赌，谄侍外国，这可气坏了苏曼殊。他一把怒火烧上来，就去找陈少白（中国日报的负责人）要枪。少白问他借枪作甚，苏曼殊一撇嘴：“我要去刺杀康有为，为国民出口气！”

大人物多秉性天真，言谈诙谐，苏曼殊也不例外。他在美国云游时见到一个胖女孩儿，四百多斤沉，腿似水桶。他不知深浅地问人家，“你想找个和你一样肥的对象吗？”女孩儿说：“我当然想找个苗条的。”苏曼殊便笑起来：“我长的瘦，做你老公好不好？”也不知那女孩儿愿不愿意，最后两人一笑置之。

有一回馋糖，偏偏囊中羞涩，曼殊竟然敲下自己镶的金牙，换了几块糖吃。从此以后，别人就管他叫“糖僧”。不明就里的人误为“唐僧”，还以为他上西天取过经呢。虽说皈依三宝，他却不戒荤腥，是一个不折不扣的酒肉和尚。一天晚上，大伙都睡熟了，他却杀猪似的号起来，说是腹痛。一问之下，才知道是晚饭鳗鱼吃多了。

曼殊大师好吃，在他的书信里可见一斑。他给朋友写信，落款是“曼殊书于红烧牛肉、鸡片与黄花鱼之畔”。其时，他穷得叮当响，如此落款纯属画饼充饥，胡诌得可爱。1915年，在给柳亚子的信中，他特别嘱咐，要柳亚子送他一些点心，并且指名道姓说得清楚——“望带莲子蓉月饼四只，豆沙饼六只”。后来，衣食稍周的他居然还得出了一个结论：牛奶不能多喝，西方人的牛脾气就是喝牛奶喝出来的。

饱暖则思淫欲，大师亦然。然而饮食给曼殊带来了快乐，女人却给大师带来了“恨不相逢未剃时”的遗憾。曼殊大师虽是出家人，但风流多情，更胜常人。旅居上海时，苏曼殊和一个妓女一见钟情，坠入滚滚爱河。两个人同床共枕了好一段日子，曼殊始终守身如玉。旁人问起，大师便说：爱情者，灵魂之空气也，我不欲因肉体之快乐，而伤精神之爱。这种凌驾于生理之上的纯粹爱情，既令人叹为观止，又让人望尘不及，倾倒了多少风情女子。

青楼楚馆是大师必去的地方，也是风流才子们的体育场。可是曼殊毕竟不是等闲之辈，莺歌燕舞之时，他偏偏坐怀不乱，等歌阑酒散了，他又追着人家问名问姓。吃花酒吃到如此境界，可谓独步古今了。名妓张娟娟小姐写了一首绝句送他：维摩居士太猖狂，天女何来散妙香，自笑禅心如枯木，花枝相伴也无妨。身在空门却情根未断的曼殊大师随即和了四句：乌舍凌波肌似雪，亲题红叶索题诗，还卿一钵无情泪，恨不相逢未剃时。

历史上最喜欢骂人的莫过于国学大师章太炎了。他对孙中山、黄兴之流尚且嘴不留情，却单单在提到苏曼殊时竖起了大拇指，夸他“历高节，抗浮云”。苏曼殊的名气之大，由此可知一二，鲁迅说这就是“曼殊热”。那时候的女学生都把苏曼殊的“玉照”贴在床头，以便朝夕相对，聊解思慕之情。

作为人家的偶像，曼殊非但不一本正经，反而很烧包。世上的钱，没有他花不了的。他自己都说，一个月不住外国饭店，就浑身痒痒。一天，他借了不少纸币出去消费，花二十元钱买了一件蓝布袈裟便要走人，店里伙计找他零头都不要。剩下的钱，也被他左摇右晃洒了一路。回到寓所，大家问那么多钱花到哪里去了，只见他擎起几包雪茄，披上一缕僧袍，洋洋自得，顾盼自若。众人哄堂大笑。

观大师随心所欲的一生，实是常人不及，不论是革命事业，还是个人修为，他均堪称震古烁今。如果说历史已为他“盖棺”，那就让郁达夫为他“定论”吧：“苏曼殊是一个才子，是一个奇人，他的诗比他的画好，他的画比他的小说好，而他的浪漫气质，与超凡脱俗的行为风度，比他的一切都要好。”

旷古圣人才

民国南北斗争时有一副名联：民犹是也，国犹是也，何分南北；总而言之，统而言之，不是东西。（暗喻“民国何分南北，总统不是东西”）这幅对联即是六朝元老王闿运的手笔。

王先生何许人也，今人知道得不多。1853 年，咸丰皇帝要赏他恩典，权臣肃顺语惊朝堂：此人非翰林不干！想在御笔朱批下叨光领赏，还敢扬言非干翰林不行的，从天安门走到乾清宫也就他一个。咸丰皇帝倒也大方：那就封他个翰林得了。

王闿运是晚清的经学家、文学家，号湘绮。湖南湘潭人，出生于长沙。此人誉满天下，谤满天下，是民国前后与章太炎比肩的一大怪杰。他不是天才，但学习刻苦，一生都想做周文王这样的帝佐，可惜文人狂狷，未能如愿。1916 年，年届耄耋的王闿运在家乡无疾而终，其一生也的确如他提前写给自己的挽联：“春秋表未成，幸有佳儿读诗礼；纵横计不就，空余高咏满江山。”王闿运仕途坎坷，他的成就多在其诗文治学方面。

王先生虽然自己当官儿，却极蔑视权贵。一次本省的巡抚慕名拜访，他竟然把这位部级干部拒之门外。京城的恭亲王执学生礼向他请教当今政治，他竟然口无遮拦地把李鸿章和曾国藩骂了个狗血喷头。左宗棠收复新疆居功至伟，正戳在那儿洋洋得意呢，不想王先生上来就给他倒了一盆冷水，嫌他瞎了狗眼，不会提拔后进。袁世凯君临天下后，对王闿运以国士待之。袁不但授他中央国史馆馆长头衔，还铺红挂绿大摆国宴伺候他。老王也乐得在八十三岁高龄时再过一把官瘾，于是嬉笑怒骂，逢场作戏。

当官儿这么多年，王先生早就在应酬中冷落了家庭生活，所以子女媳婿多有不睦。他的二儿子取了才女杨庄，不久两口子就闹离婚。惜才的王先生一听急了，拉下老脸来跟杨庄“有话好商量”：“你不做我的儿媳妇，就做我的女弟子如何，你走了谁和我对诗？”他的大女儿嫁了才子邓国桓，本以为妻凭夫贵了，没想到邓国桓有行乞的怪癖，见人就下跪：六朝元老王闿运是我亲丈人，您可怜我两个钱儿吧……他的三女婿就更出格了，洞房那天王女问他，读过四书五经吗？那小子拍拍胸，我只懂一经。王女心想才懂一经未免有点少了，于是问哪一经。他挑着眉毛说：嫖经。

正因为家庭境况如此不妙，王先生才在外独居。一年冬天，他正趴在床上看书呢，一个小偷蹭了进来。女仆好意提醒他，他漫不经心，说屋里的东西随人家拿吧，反正都是书。第二天早晨王先生要披衣如厕，才发现盖在脚头的貂皮大衣不见了。女仆抱怨他不听劝，他却毫不生气，反而作诗一首：犬吠花村月正明，劳君久听读书声。貂狐不称山人服，深愧先生枉此行。说的是，让您老在大冬天听我扯淡了半宿，最后才拿了件不合身的衣裳，我还真有点儿不好意思呢。小偷几乎空手而归，王先生觉得对不住人家了。

名流大家总难免独特性情，王闿运也不能例外。虽然王先生气度大、才气高，可他老人家从道光、咸丰、同治、光绪、宣统、民国一路走过来，还是改不了特立独行的怪脾气。辛亥革命爆发后，大伙儿争相改装易发，偏偏王先生不去铰辫子穿西装。在他八十大寿那天，湖南都督谭延闿前来拜贺，进王家门后吓了一大跳。只见老先生于此革命风云之际，冒天下之大不韪，满头白发上戴着红顶子，脑后插双眼花翎，一身的清廷补服。本打算行鞠躬礼的谭都督只好顺着老人家的意思，乖乖地磕了几个头。双方入座后，王先生抚慰谭延闿说："你不要紧张，我身穿胡服（王先生把满族当外邦蛮夷，所以说'胡'），你西装革履，咱俩都是外国服饰，也说不上谁文明，谁野蛮，对不？"一席话说罢，两个同乡不由莞尔。

民国五年秋天，"垂垂欲睡"的王先生突然回忆起当年肃顺请客时俄罗斯酒的味道，咂舌不已。他可不知道他这更醇更厚的一辈子，同样令后人咂舌：嬉笑怒骂才气纵横，逍遥不羁悠游一生。时人以为怪物，他的得意门生杨度却为他挽了五个十分精当的字眼——"旷古圣人才"。

率性而为尉迟恭

长安凌烟阁久历风雨，绘有唐朝二十四功臣像。将相如魏征李靖之流自不必说，尉迟恭这个门神倒也身在其中。

尉迟恭是个文盲，长得又粗黑，所以没给乡亲们留下好印象。二十来岁时，仍是单身。他是个率性而为的人，从不隐忍和收敛自己。受不了了，就要走；见了喜欢的，就要抢；遇上不满意的，往往当场发作。如同开了水的壶盖，压不住。

隋朝末年政治腐败，官吏欺压百姓的情况司空见惯。尉迟恭一介草民自然也在被欺负之列。要是普通人也就忍气吞声了，可尉迟恭受不了这气。他一怒之下占山为王、落草为寇了。他喜欢这般率性随意的活法，在山上度过了一段欢乐时光。有“买卖”了，就“扯风开船”，有点危险就“风紧，扯呼”。真是来去如风，全由自己。

一次，尉迟恭听说山下来了“买卖”。急忙去截，原来是一家娶媳妇的。正好老子没媳妇，抱回山去！尉迟恭当机立断，解决了终身大事。

隋炀帝执政那几年，群雄四起，逐鹿中原，刘武周声势甚壮，特聘尉迟恭来做将军。尉迟恭虽知道刘武周不是帝王之才，倒也乐得混吃混喝，跟着他过了几年逍遥日子。后来李世民雄起，灭了刘武周，招降尉迟恭。尉迟恭不是愚忠呆板之徒，心里也没什么忠臣死节的礼教束缚，当即投降。

李世民那时才十九岁，统军三万鏖战，浮尸二百里，可谓年少万兜鍪，尉迟恭一见倾心。李世民见尉迟恭铁塔一般，性情直爽，更是喜不自胜。从此尉迟恭追随李世民鞍前马后，再无二心。

一日临战，敌将催马上前耀武扬威，只见那人胯下精神抖擞的，正是一匹当世难求的千里马。李世民爱马如命，赞道："好马！"话音未落，身边一将倏地冲出，直扑敌将。钢鞭到时，强敌立毙。此人驱马回阵，大伙才看清是尉迟恭。有人问起："不知险乎？"答曰："想要，就拿！"

天下大定后，李世民顺利登基。某日，于宫内设宴款待群臣，功大者坐上席。皇亲国戚、名臣大将济济一堂，好不热闹。江夏王李道宗贵为皇亲，自然坐在尉迟恭的上首。尉迟恭一见，火冒三丈："你是什么东西，敢坐这里！洛阳血战王世充，你在哪里？江东大战刘黑闼，你在哪里？玄武门之变救主杀敌，你又在哪里？你有屁功，敢坐这里！"说着，一拳把李道宗打到桌子底下。

随即有人上奏皇帝：尉迟恭此举大逆不道，当斩。李世民微微一笑，不置可否。他知道这位老大哥一向随意，且由他去吧。

尉迟恭一生率性而为，且常常因此遇险，惹祸，但最终化险为夷，安度晚年，得以快意生平，真是怪哉。

清官第一

他喜欢喝茶，但不愿花钱，于是采槐叶代茶。衙门后的槐树被采秃的时候，他也正好升官了。

哦，这穷人居然还是个官儿？你一定会这样想。没错，他的确是官。打顺治十八年起，他就戴起顶戴花翎了。经商要学胡雪岩，做官当效曾国藩，可是他却比曾国藩升得还快，几乎是踩着高跷上跳板，平步青云。从知县到知府，从按察史到巡抚，别人做官靠钱，他做官靠的是廉名。康熙二十年，他已经把身家铺盖安在两江总督府里。

读书为了做官，做官为了富贵。他虽然读了书，又做了官，却是贵而不富。那一年，他的儿子千里迢迢来看他，临走的时候想捎点土特产。不想偌大的总督却只有一轮明月，两袖清风。考虑到清风摸不着，明月摘不下，他只好亲自操刀下厨，把仅有的半只腌鸭一割两半，儿子一份，自己留一份。江南百姓听说这件事后，既感欣慰又表同情，只能苦笑道：此公豆腐量太狭，公子临行割半鸭。

其实那只鸭子属于例外，因为这位总督大人平时是以青菜干粮著称的，大伙儿都叫他“于青菜”。有一回他坐船到福建，提前让人买了萝卜堆在舱里。人家以为他要顺道经营，纷纷劝他萝卜不值钱。后来到了福建萝卜全没了，下僚们一问才知道，几百斤青萝卜全被大人吃掉了！

做官做到这份上，也算是独步古今了，没想到他还有更绝的。江南灾情严重的那段时期，他为了给饥民省点口粮，竟然就着野菜吃糠。这事儿传上朝廷，再没有人说他是哗众取宠、故作姿态了，因为谁也不会拿自己的命开玩笑。

平时下属给他送礼，他不要；送钱，他也不要。他家的中堂上，高挂着一副及地长联：累万盈千，尽是朝廷正赋，倘有侵凌，谁替你披枷戴锁；一丝半粒，无非百姓脂膏，不加珍惜，怎晓得男盗女娼。

熬到民治国安百姓乐业的时候，他死了。一生短暂、没有多少风流事迹的他，只给后人留下了一双磨破底的靴子。那一天，江宁城的百姓罢市聚群，跟着他的棺材走了二十里。哭声惊天动地，竟然淹没了钱塘江响彻千年的潮声。

他就是于成龙。名垂青史，真正地为人民服务了一辈子。千古一帝康熙爷不曾封他“王”，也不曾封他“公”，只是御笔亲批，送他四个大字：清官第一。

嬉笑怒骂的“大阿福”

说到疯癫，没有谁能和吴稚晖媲美。1865 年，吴稚晖生在武进县，在无锡的外婆家长大。吴老一辈子折腾到 88 岁才够劲，不仅是联合国认证的“世纪伟人”，也是个不折不扣的名士疯子。

年轻时的吴先生装疯卖傻，曾经拿砖头拍过学政大人的脑袋。有一次吴先生听说某官公然嫖妓，便穿了戏服，头插松枝儿，手拿草纸，跳在人家面前说：“生员叩见大人，大人您赏杯花酒喝！”胡闹一番，把那官员气得发昏。

吴先生后来跟着孙中山闯江湖，一来二去成了人尽皆知的革命元老，党国砥柱。到蒋家天下时，吴先生说得上炙手可热。蒋介石对吴先生给足了面子，生恐老人家不高兴。吴先生八十大寿那天，蒋介石特地让人送来一盘大蛋糕以示慰问，殊不知，吴先生住的是自创的多功能卧室，吃喝拉撒全在此间。那天乘兴而来的贵客要员们十分不幸又十分大幸，守着吴先生的大马桶，分享了蒋委员长的御赐蛋糕。后来的一天，蒋介石和宋美龄亲自登门拜望。对不起，照样是靠大马桶，坐小脚凳。

后来吴先生为自己的小屋子做了一篇《斗室铭》，天天背天天唱，唱得当局坐不住了，只好给他盖了座半山别墅，这真是文字的力量了。

如果把吴先生一生的官衔写出来，得用一本小册子，这也是别人眼热不来的。但吴先生晚年却说："我不过是一个闯进大观园的刘姥姥，官场和戏场挂的是一副对联——悲欢离合，开场日即收场日；男女老少，看戏人即做戏人。"他从来不把自己当成官儿，说自己只相当于无锡惠山泥人"大阿福"，充其量就是"放在橱窗里摆摆样子"罢了。

吴先生自比"大阿福"，其实还没人家"彩衣光鲜"呢。他自认为"吾生也贱"，所以根本不讲究衣着。平日里他只穿青竹布长衫，出门就添件玄色马褂儿，如此而已。有时候衣服脱了线，他便自己捻针穿线，缝缝补补。

1947年，吴先生去参加国民大会。穿得太破未免不像话。70多岁的弟弟吴菊初心血来潮，非要为他亲手裁缝。结果吴菊初双目昏花，做得乱七八糟。吴先生就穿了这件不成体统的怪袍到南京参加国民大会，还当上了主席团主席。

吴先生谦虚身份，谦虚衣饰，却不谦虚酒量，更不谦虚学问。一次，上海名士聚饮。杨杏佛和蔡元培都已经醉得爬到桌子底下了，海量的吴先生却依旧风轻云淡，如喝白水，一副千军万马吾往矣的豪杰气概。喝了酒的吴先生雅兴不减，趁机换上草鞋，肩扛扁担，跑到教室里去讲"商鞅耕战"。学生们笑翻了天，他却洋洋自得。

这种朴素超然的心态给了吴老一个老当益壮的身板儿。他喝的是小茶馆，吃的是小饭馆，拎一把破伞，一天步行百里。别人送他车子，他锯掉车把当椅子坐。70多岁了，吴老还能登顶峨嵋，啸傲山川。至于后来，他竟以近八十的高龄独步黄山，凭一双大脚上天都峰，过鲫鱼背，这实在是一般"疯子"想都不敢想的。别人说他"人疯，文章不疯"只说对了一半，我看他"人疯，文章也疯"，疯出来的是一股硬铮铮的精神，屹立起了文人的骨气。

1953 年，吴先生病逝台湾，临死前大骂杜鲁门是半吊子，把蒋介石甩在泥潭里放手不管了。这是他这辈子最后的疯癫——骂得真，骂得狠，也骂得凄凉。

封侯书生

男儿何不带吴钩，收取关山五十州。请君暂上凌烟阁，若个书生万户侯？如果这首南园诗的作者生在大清，或许就不会这样写了。因为有个书生真的成了万户侯。

嘉庆年间的井子镇荷花塘也许不为人知，虽然后来的历史赋予它太多褒贬。有一天，夜已经深了，荷花塘街巷上的一个窗口却传出了朗朗读书声。只见一个少年摇头晃脑，对一篇文章重复了不知道多少遍，还在朗读。原来，他还没有背下来。这时候，他家里来了一个贼，潜伏在屋檐下，想等读书人睡觉之后捞点好处。可是等啊等，就是不见他睡觉，还在翻来复去地背那篇文章。贼人大怒，跳出来骂道："就你这水平，还读什么书！"说完就将那文章当堂背诵了一遍，扬长而去。

你别看这书生不如贼聪明，却写得一手好文章。看相的说他是三角眼，他很不服气，于是苦读《周易》，自己写了一本算命册子《冰鉴》。但是天意弄人，正如杜甫所说的"文章憎命达"，虽然书生这一辈子风风光光，但在顶戴花翎的背后却是骂名与霉运。

书生文章写得好，但一直没有考中进士。大概是受到老婆欧阳氏的刺激，书生背负着留级生的臭名，先后参加了三次高考（会试），好不容易才弄上个“同进士”。其实这是件丢人的事。现代人都不知道旧朝的说法，小老婆叫作“如夫人”，意思是“不如夫人”；科举第三甲叫作“同进士”，意思是“不如进士”。“同进士”着实令人尴尬：好似饥肠辘辘之时，旁人给你端上好饭好菜，却赫然发现盘中粘着一只青头苍蝇，为肚肠计，不能不伸筷子；一伸筷子，又恶心得难受。因此，稍稍自尊自爱之徒，都会将“同进士出身”当作一种不能一洗了之的难言之隐。自己辛辛苦苦读书，最后只能和小老婆站在一排，书生越气越难受。没想到这么一个伤疤，让书生疼了一辈子。

咸丰元年时，书生已经四十一岁，听说洪秀全在金田村组织起义，就给朝廷上了一道《敬陈圣德三端预防流弊疏》，这可把皇帝惹恼了。咸丰一怒之下竟然“怒掷其折于地”，想要治他的罪。后来清廷内忧外患，不得不起用他做个总督，他才得以舒展羽翼。没成想这两江总督做了没几天，书生又被人揭了老底儿。原来像他这样带兵的大官儿都有幕府，有一天，两个幕僚闲得无聊就对对子玩。一个出上联“如夫人”，另一个就对“同进士”；一个又把上联加为“如夫人洗脚”，另一个就对“同进士出身”；一个再加“替如夫人洗脚”，另一个再对“赐同进士出身”……正对到兴头上，突听屋子里一声呵斥，接着就见总督大人黑着脸从里面出来，拂袖而去。两个幕僚莫名其妙，去问老幕僚。老幕僚一听，忙说：“你们二人赶紧卷铺盖走人吧！怎么哪壶不开提哪壶——你们不知总督大人就是‘赐同进士出身’哪？”两个幕僚吓得屁滚尿流。对于此事，书生并没有深究。唉，只怪自己考场失利。

那时书生壮年气盛，正值建功立业之时。他好大喜功，以自己的名义发布《讨粤檄文》，挥军靖巷。不想天意弄人，自家的水师被敌方全部歼灭。这一年是咸丰三年，朝廷内外吃紧。一败涂地后，书生既痛国家，又哀生平，竟然投水寻死，幸而被部属救起。福无双至，祸不单行。刚刚过了两个月，书生在岳州再次败北，贻笑湖广。他的幕僚替他拟折子上奏，折子写出来以后，书生大为不满，提起笔便把“屡战屡败”四个字改成了“屡败屡战”。对于这件事，后代咬文嚼字的文人们总是津津乐道，却不知这是一件大大的丑事。

几年后，时机终于来了。叛军的几个头领窝里反，无暇外顾。书生捡了个便宜，终于一反败局，大获全胜。只可惜书生还没来得及得意，朝中的军机大臣就开始戳他的脊梁骨了——“此人一呼蹶起，从者万人，恐非国家之福”。至于其他流言，更不必说。从此以后，书生就在荣耀与诽谤的夹缝里度过了残生。

同治十一年，“廉颇”老矣。正值春天，风和日丽。书生吃过午饭，信步走到花园赏景。沉舟侧畔千帆过，病树前头万木春——书生正在感叹自己这棵“病树”时，突然双脚发麻，站立不住。儿子把他扶回屋后，端坐三刻，阖然长逝。光阴似水，岁月如梭，多少后人以仰视的目光追慕这位“道德文章冠冕一代”的书生。大家只知道他是两江总督、直隶总督，是武英殿大学士，是大清王朝的一等毅勇侯，却不知道命运不仅在他的补服上绣了九条蟒，还绣进了更多的忧伤。

左宗棠给他写了一副挽联：知人之明，谋国之忠，自愧不如元辅；同心若金，功错若石，相期无负平生——这个书生就是曾国藩。

严嵩做官

严嵩，历史上第一个死在窝棚里的宰相。

这个人一直在国务院工作，六十岁时来运转，外放大学校长，后来又提拔了政治局常委。他家的公子说过——皇家没我富，皇家没我乐。

说起他做官的手段，和当今有些官员相差无几，只是运用得更为灵活。严嵩做官，秘诀有三。第一个就是“媚主固宠”，换句话说，就是平时拍领导马屁，喝酒替领导卖力，逢年过节多孝敬厚礼。现在许多有“上进心”的公务员都“乐此不疲”。虽然套路老了，但仍然有效。

严嵩做官的第二个手段——上阵父子兵。严嵩有个儿子，叫严世蕃，人情练达，世故精通。严嵩做宰相后，严世蕃升职为工部侍郎，官不大，但秉掌印之责，有实权。平日里严嵩稳坐中军帐，大小事都交给严世蕃。儿子在前运作，老子在后撑腰，一攻一守，天衣无缝。正应了那句话，“市长的儿子能当县长”。市长爸爸不敢犯错，但能支持县长儿子捞点货。

严嵩同志的第三个秘诀——培植亲信，组成复杂庞大的权力关系网。人都不是自己活着，老严再贪也得想着别人。一个局的局长，在位时需要属下们支持，退位后需要“后来人”照顾。所以哪个科长有孝心，他就有望做处长。哪个处长有忠心，他就有望干副局。哪个副局自称干儿子了，那前途就更加光明。所以当工部副部长送给他二十七个老婆每人一件金丝蚊帐时，严嵩毫不迟疑地笑纳了。

严嵩除了在组织人事方面上下求索卖官鬻爵之法，在教育、军事上也是一分不落。甚至有人死了，家属后代想要个好听的谥号，都得捧着票子找他买。科举是朝廷选拔人才的大事，下一代的政治种子由此萌芽。严嵩在主持考试时赖着脸皮主动索贿，给差生们开辟了一条通天大道。

光阴似箭，宰相也会老。嘉靖皇帝经常写一些小纸条提问，老眼昏花的严嵩已经答不上来，只好找儿子。而严世蕃此时正在玩女人，顾不上。大明朝江河日下，1562 年五月的一天，嘉靖问道士：今天下何以不治？道士答：只因贤未进，不屑未退。嘉靖追问，“不屑”指的谁？道士说严嵩。嘉靖叹口气，不做声了。两年后，严世蕃死刑，严嵩罚没家产，黜为平民。此时严嵩身无分文，在祖父的坟边搭了个草棚子安身，后来凄凉死掉。

千里为官只为财，可惜“一生聚财无限多，聚到多时全没了”。红楼梦里说“陋室空堂，当年笏满床”，就是提醒诸君：做官不老实，早晚一场空。

皇帝诏曰

众所周知，诏书是古代最高一级的红头文件。只要宣一声“奉天承运皇帝诏曰”，任你天王老子也得乖乖地跪下“谢主隆恩”，直到人家“布告天下，咸使闻知”后告一声“钦此”，你才能“万岁万岁万万岁”。自秦至今，皇上的诏书不知道发了多少，不过有一些却是在历史上出过风头的。

最传奇的诏书。大唐盛世之时，番邦来朝，恐吓中国，满朝文武都不识番邦方言，唐玄宗好不尴尬。幸而这时候李白在朝，于是叫太师磨墨，太尉脱靴，亲自起草了一篇《吓蛮夷书》，给李隆基挣足了面子。诏书中写到“天兵一下，千里流血”，以此斥退了番邦使臣，大显国威。现在大部分人都认为这只是传说，不足为信。虽然如此，却也是美谈。历史上能够比这更具夸张色彩的，莫过于武则天那篇诏书。

恕未从命的诏书。话说在一个大雪纷飞的日子，武则天饮酒作诗，乘兴醉笔写下诏书：明朝游上苑，火速报春知，花须连夜发，莫待晓风吹。你想这可是隆冬，要百花开放，何其难哉。但是百花慑于天威，一夜之间竟然万紫千红，只有牡丹抗旨不开。武则天龙颜大怒，把牡丹发配到了洛阳荒山。没想到铁骨铮铮的牡丹一到洛阳就昂首怒放，存心要气一气女皇。武后一气之下放了把火，要把它烧到绝种。谁知牡丹越烧越盛，成就了国色天香的焦骨美名。自此，“洛阳牡丹甲天下”便流传于世。可怜武则天虽然英明神武，却在一枝花上摔了跟头，而且犹然不知悔悟自责。在这点上，她比汉武帝差远了。

历史上第一份罪己诏。大汉王朝走到汉武帝那一代，算是顶高明了。雄才大略的刘彻自以为文治武功俱佳，得意了半辈子。直到晚年他才幡然悔悟：这辈子杀人太多了。心灰意冷之下，刘彻提笔写下了一篇《轮台罪己诏》，堪称中国史上皇帝罪己的开山之作。值得一提的是，汉武帝的另一份诏书也是独一份的鼻祖篇章：《求贤诏》。这份诏书诚挚恳切，开后世君王求贤之风。可惜等到他隔了多少代的后人汉献帝即位后，求贤诏可没这么好发了。

最窝囊的诏书——衣带诏。皇帝给臣子下个诏书，还要偷偷摸摸地藏在腰带里，你说窝囊不窝囊。话说当时曹操挟天子令诸侯，献帝想要国舅董承拉他一把，于是出此下策。不想董承刚从大殿出来，就碰上了曹操。《三国演义》如此记载——操问曰：“有何缘故，赐以衣带？”承曰：“因某旧日西都救驾之功，故此赐之。”操亲自以手提起衣带，望日影中细详看之。看毕，穿在身上，系了玉带，回顾左右曰：“长短如何？”左右称美。操曰：“与吾穿之，别有回赐。”承告曰：“君恩不可轻也。”操曰：“汝受此衣带，莫非其中有谋乎？”承急答曰：“小人焉敢？承当万死！丞相如要，便当留下。”操曰：“汝受君赐，吾何夺之？故相戏耳。”操遂脱袍带还承。虽然曹操始终没看出衣带里的血写诏书，但这十足让董承出了一身冷汗。这种身系国家安危的密件沉重极了，还是那位“美国皇帝”的诏书相对轻松。

民间皇帝的诏书。1859 年的一天，一位穿着破旧戎装的潦倒穷汉来到《旧金山日报》编辑部，一本正经地对总编说："我是美国皇帝。"总编觉得十分有趣，便同意把这位穷汉的第一道"诏书"刊登在日报上。从此，这位叫诺顿的穷汉便神话般地"君临"美国20年。他的第二道诏书说，国会高层贪污腐化，应予解散，他要躬亲治国。华盛顿自然对他置之不理。于是他下令美国陆军司令："派一支适当的军队扫荡国会大厦。"这位"皇帝"不久又诏令各州派代表到旧金山音乐厅朝见，并"将法律作必要的改革"。接着又一道诏书，说墨西哥人不宜自治，所以"皇帝"要对墨西哥"摄政"。1861年，美国内战爆发，他深表关切，召林肯和南方首领戴维斯到旧金山，以便从中调解，可是两个人都没有"奉旨进京"。这个穷汉为了解决经济问题，居然还制定了赋税制度。美国市民觉得很好玩，纷纷解囊相助，给他换了一身"龙袍"。民间皇帝的诏书虽然为人民着想，却没有多大的影响力，而有影响力的诏书，又往往不善，比如晋武帝和洪秀全。

最荒唐的诏书。公元273年，晋武帝司马炎下达诏书选美，竟然写了这样一条规矩——"采择未毕，权禁断天下嫁娶"。什么意思呢，就是说"在我选美结束以前，天下的女孩儿都不能嫁出去"，如此霸道，也算是独步古今了。说到天王老爷洪秀全，就更荒唐了。他多次下诏书求欢："即自今四周来朝，万方一统。东方贡大妹，西北献娇娃……"由此可见天王对大妹子们的朴素情怀。后来又有一份诏书下给抢来的良家妇女："你们姊妹休违拗，肯来欢你是要好。受打受骂休悔恨，打是恩情骂是俏！"这样令人无语的诏书，丢尽历代皇帝的脸面，真不知道他是怎么想的。据说这份诏书，还是著名的资本思想启蒙者洪仁玕起草的。

清朝的诏书。清朝的老太爷叫努尔哈赤，他本是关外的游牧民族首领，与世无争。后来明朝将领屡次戏弄，不把人家当人看，终于惹恼了这头雄狮。他一气之下，写下了历史上赫赫有名的"七大恨"诏书，一举反明。这一册诏书如星星之火，点燃了满人的复仇之心。最终朱家的天下，改姓爱新觉罗。他的重孙子玄烨更是了不得，执政六十年，开辟千古一帝的丰功伟绩。不过玄烨老来糊涂，在皇位继承上出了问题。野史传说，康熙去世前立遗嘱，皇位“传十四子”。雍正将“十”字改为“于”字篡位，成了清史一大疑案。不管雍正皇帝到底合不合法，我们至少可以知道他干得还不错。可等到他的玄孙子咸丰坐龙庭，那就让人笑掉大牙了。咸丰这小子宿妓，该妓女的相好御史大人陆懋宗于公于私都不能袖手旁观，于是上书讽谏。咸丰看了不但不气，还洋洋得意地说：“哈哈，陆都老爷吃醋了！”说完便在奏折上批道：“此事就像狗（陆懋宗）啃骨头（妓女），兴味正浓，突然被人夺去，狗虽不甘心，但无可奈何，只能乱叫几声，以发泄心中的怨恨，这是极正常的。钦此。”咸丰皇帝这份诏书可谓空前绝后，独步古今，要是让他的老祖宗看见了，非得给他几个耳光。

古今中外，多少皇帝“奉天承运”，而今却已灰飞烟灭。我们只能从中撷取一点滑稽与庄重，慰藉千古。

无材补天的文人

中国传统文人有个习惯——顾影自怜。看似自怨自艾，实则怨天尤人。有些文人虽然肚子里墨水颇多，然而生于乱世则无实战韬略，生于治世又不通人情练达，所以往往大业难成，混迹笔墨，哀叹“心比天高，命比纸薄”，“时运不济，命途多舛”。

封建时期以文治国，所以大部分文人不把自己定位为“文化人”或者单纯意义上的“文人”，如教师、学者、作家等，而把自己定位为政治家、官僚，最起码得是处级公务员。由于自我定位如此，许多才华横溢的文人抛开写作、研究等本职工作，一味热衷“官”字，最后往往败兴而归。

清末学者王闿运，嬉笑怒骂，风流自成一家，是个标准的才子文人。王闿运的文章那是没得说，做过咸丰皇帝的翰林学士，自然非同一般。但他从小学习帝王之术、纵横之学，哪肯甘心做作协副主席？好歹也要去游说一番，博个封侯千里。他的弟子杨度写诗纪念老师游说一事：少年击剑学纵横，游说清侯成割据；东南带甲为连横，曾胡却顾咸相谢。

王闿运特别羡慕苏秦、张仪这一流纵横家，凭三寸不烂之舌搅动天下，重整乾坤，自身也佩六国相印。这是旧文人共有的理想。于是王闿运天真地跑到曾国藩府邸，对曾国藩讲："清朝气运已尽，何不取而代之？"接着，便学诸葛亮三分天下的隆中对，费了好一番唇舌，大意是要曾国藩做朱元璋，自己愿作军师刘伯温大显神威。

然而曾国藩何许人也，那是官场上几十年风吹雨打的一块青石板，又硬又滑，王闿运一口气哪能吹动他？曾国藩恍若未闻。恰有客来，曾国藩去接。王闿运起身一看，曾国藩在桌上蘸着茶水写了一桌字：谬。王闿运大失所望。

此事之后，王闿运消停了几天。不久，他那颗浪漫的文人之心又熊熊燃烧了。他跑到胡林翼府邸，兴致勃勃地谈起他为胡林翼量身制作的反清计划——先宣告湖南独立，再挥军北上，一举消灭满清光复中华，建立汉人政权治国平天下。胡林翼又不是傻子，他听王闿运夸夸其谈，看似描绘了一幅夺取江山的壮美蓝图，实则外嫩里焦，好看不中用。胡林翼笑而不言，只是摆手。

王闿运两次游说均不幸失败，脆弱的文人之心受伤了。从那以后不再学人家张仪、苏秦，乖乖地去做一个文人该做的事情——船山书院讲学。他虽没有位列公王，但毕竟是当时的大名士，又有一等一的才学。若论学界地位，实在少有人能出其右。但他一生只把自己看作政治家，妄图纵横捭阖，终成幻梦。晚年的王闿运非常失意，郁郁寡欢，写下一联了此残生——春秋表未成，幸有佳儿读诗礼；纵横计不就，空留高咏满江山。一句话概括就是，老子最终没成事儿。

纵观中国历史长河里起起伏伏的文人，多如王闿运一般，自以为能翻天覆地，真正施展开来却只是黔之驴的叫唤，徒具其形，并无实干。想那骆宾王七岁咏鹅，何等才分，《帝京篇》一成，盛唐称为绝唱。后来力挺徐敬业造反，写下山沉海重般的《讨武曌檄》：试看今日之域中，竟是谁家之天下！如此慷慨激昂，气吞山河，连敌手武则天读了都不由击节赞叹——好句！宰相安得失此人？然而，文人的才华与政治家、军事家的才干毕竟不同，徐敬业兵败，骆宾王难免一死。回顾他弃文从政，终于还是在幻想中灭去，怎一句可惜了得。至于李杜、王孟之流，三苏、二陆之辈，莫不如是。

细细数来，也只有辛弃疾、晏殊几人兼具政治家、文人的双重才能，能于笔下疾呼，也能于剑下疾呼，上得朝堂，入得书房。老辛可谓才分尤高，醉里挑灯看剑，写下《美芹十论》分析天下势。他既是宋词豪放派的领军，又是实战的少将级人物，死前还大呼："杀贼，杀贼！"至于晏殊则是太平宰相，颇具贤名。他不仅文章好——落花人独立，微雨燕双飞，把一个文人的细腻内心折射得如此楚楚动人，作成《珠玉词》传世；且能辅佐朝政，选贤任能，范仲淹、欧阳修、王安石、韩琦等皆出其门下。由此可见，真才实干才是政治家本色。

能言善道不过文人手艺。因此而自得，发出"欲济无舟楫，端居耻圣明"的颓废感慨，说什么"报国无门，壮志难酬"，实在可怜复可笑。《红楼梦》开篇的顽石自我介绍——无材可去补苍天，枉入红尘若许年，端的是中国文人的真实写照。既然自知无材补天，那么去补补大地，搞一搞学术研究和文艺创作，也是十分可敬的，何必一定要从政补天呢？

朕以天下托先生

现代人就业创业，任他多大胃口也不过想捧个铁碗金碗，少有古人治国平天下的气度。可即便高格如古人，也不敢太过浪漫，那些长袍大褂的先生在扬言“万人之上”后，总会乖乖地补一句“一人之下”。

封建社会的统治是用血管串起来的，知识分子再会吟诗作对，也只能对着遥遥紫禁城望洋兴叹。于是世世代代的文人们退而求其次，把自己的最高理想定位在“天下第二”上，希望在皇帝手底下分到最热的那杯羹。还好，古往今来的皇帝们也都乐意聘用丞相、首辅之流，毕竟没有好助手就抡不开膀子丈量天下。于是就出现了这样一幕熟悉的历史剧场面——皇帝亲切地挽着某人的手，真诚无限：朕以天下托先生，先生幸勿负朕！

朕以天下托先生。这个“托”不是托付，而是托管，所以“先生”不是继承人，而是大管家，甚至可以称为打工皇帝。这些管家们或好或坏，借主子权，行奴才事，料理着社会大餐。掌勺的姜尚，烧火的张良，摸七分火候的诸葛亮，这都是比较拉风的行政总裁，至于添油加醋的秦桧，煽风点火的蔡京，兴风作浪挟天子的曹阿瞒，就落得千夫所指，万人唾弃。这要怪就怪皇帝托错了先生。

昭列皇帝刘玄德一双金睛火眼，选贤任能极有一套，是个不可多得的优秀星探。他在草野时钦点孔明，从三顾茅庐到三分天下，从白帝城托孤到五丈原星陨，孔明不但竭忠尽智，而且手握大军却毫无窃夺革命果实的举动，我们不得不佩服刘玄德找对了先生。相比之下，玄烨皇帝就惨了，他老子福临打马虎眼，错将江山拱手让给了几个辅臣，还把鳌拜这只关外野狼拴在儿子的摇篮上。若非玄烨智谋过人，大清基业早被佞臣吃干抹净。

所以说，选管家务必拣那心眼儿活泛、做事儿实在的，老老实实、兢兢业业，用着才放心。至于主子则要手握虎头铡，随时准备“清君侧”。大明开国皇帝朱元璋草莽出身，请了先生刘伯温，后来胡惟庸代之。自以为能够经天纬地的老胡不想当总理，倒要争做大股东。洪武皇帝何等聪明，三刀两斩就把他剁了。其实朱元璋的治术脾气早就有所征显，小时候他给庙里干杂役，反而把诸神诸佛当奴才使唤，那一座座庄严法身、肃穆神像成了他意淫的木偶管家。有一回朱元璋打扫伽蓝殿，被神像绊倒，他拿起扫把把神像抽了一顿，没想到第二天殿上的香烛就给老鼠啃了。因此受到责罚的小朱元璋愤愤不平，心想你个鸟神连自己屋里的口粮都看不好，还怎么替我管庙？于是索性拿起笔在伽蓝神像背上批了一行字：发去三千里！这小子竟然把神仙发配充军了。

朱元璋废了丞相，从此以后，朝堂里就再无此一职，只多了几个权力指数相当的“并列天下第二”。历史走到崇祯皇帝身边时住了脚，因为又一个大先生出现了。他叫周延儒，不惜花大把大把的票子买了一阵枕边风，让田妃送进了龙耳。崇祯皇帝倒大方，一下子就赏了周延儒大学士衔，希望他能够扭转明末乾坤，再造锦绣山河。崇祯甚至亲自下座礼敬，紧握他手："朕以天下托先生，先生幸勿负朕！"可没过多久，崇祯的脸就绿了。那天崇祯正饶有兴致地把玩田妃的三寸金莲，却猛然看见那绣着精致花鸟的小鞋儿上，用金线镌了一行小楷：臣大学士周延儒恭进。崇祯无语了，也绝望了，自己竟然把天下托给了一个只识深闺绣花鸟的庸人。

没你那份钱

沂蒙山区，一个孩子在田间地头疯跑，三十块钱的学费让他无所遁形。“唉，反正考不上大学，不上了”，他打算在他人生长路的第一站打一个紧紧的死扣，就这么结了。

三十年后，一个长大的孩子在北京，在东京，在纽约疯跑，再多几个三十块钱也不能把他压倒了。“理想与行动同在，才能看到希望”，当他为他的电影梦粉刷现实的色彩时，他的希望终于汹涌而来。

高中一年级，因为没有学费，他差点儿把自己所有潜在的天赋勒死在劳工生活中。他跟着村里的年轻人走出深山，到潍坊掏下水道，每天的工作就是清理淤泥。一个月干下来，老板轻描淡写地对他说：“郭晓冬，没你那份钱。”他还没有愣过神来，命运又给了他一记勾拳。他被稀里糊涂地拉到了崂山，成了“引黄济青”工程的蚂蚁兵。那段日子他住在紧实闷热的帆布棚里，睡觉时翻身一不小心就会抱到垃圾桶。白天是十二小时一刻不停地打井，劳动超负荷日日如此。他那把随身携带的笛子，很少有机会“一展歌喉”。

也许这就是置之死地而后生的效力吧。苦力、清洁工、邮递员、服务员、跑龙套，在郭晓冬饱尝人世艰辛，终于对现实生活彻底绝望的时候，走投无路的命运迫使他重新回到了生活的起跑线。多年的不幸遭遇改变了他“不能上学就散伙”的悲观看法。不到黄河心不死，可是好歹也要到黄河跳一回啊，从麻木中醒来的郭晓冬决定“孤注一掷”，一搏北京电影学院。

机遇不期而至。考官轻描淡写地对他说，郭晓冬，你被录取了。听到这句话的郭晓冬愣神了很久，仿佛听到当年那句冷语：“郭晓冬，没你那份钱。”“我一直觉得我跟幸福有很远的距离，跟那些特别好的事情有距离感，但没想到幸福就来了。”如他自己所说，希望终于露脸，幸福终于开车。但是问题也接踵而来：一万多块的学费会从天上掉下来吗？

贷款，借钱，求爷爷告奶奶。拿到钱的郭晓冬去上学了，得到的却是同学们一致的评价——小气。我是来学习的，不是来消费的，他自己告诫自己，却无法告诫别人的嘴。“如果你体会过吃饭都没钱的困境，你就知道想大方却又大方不起来的矛盾。”困顿之时，他也想过接戏挣钱，但他那时候比较土气，机会不是很多。毕业以后才知道，曾经有个广告商找班上学生拍广告时，原本不需要男生，班主任崔新芹老师非让对方带上他，否则谁也不能去拍，因此他得到2000元的收入。师恩深似海，郭晓冬却没有一点力量来报答这种默默的帮助。愧疚使他发奋到了发疯的程度。

还是那句话，理想与行动同在，才能看到希望。

2002年，在霍建起的《暖》里饰演男主角时，郭晓冬也没想到片子能一举夺得东京电影节的金麒麟奖。他只觉得剧本这么好，想好好演戏。但是无意之中，他就意外地成功了。没有哪个人总是在幸福来临时“无懈可击”，在苦难攻击时“漏洞百出”。这一次，幸福终于在他身上找到突破口，而苦难却在他的勤苦劳作前知难而退。一花引得百花开，郭晓冬因这一部戏走上节节胜利的战斗路线。人生从此真正昂扬。

苦心人，天不负，三千越甲可吞吴。郭晓冬就这样单枪匹马地杀出天下，在电影界的狂澜中取得了横槊赋诗的资格。人生，就如他在《红色电波》片首曲里所唱的：我们都无路可退！因此，与命运斗争是唯一选择。而斗争的动力，也许就是岁月里蒙尘的那句话——

郭晓冬，没你那份钱。

万万没想到

“现在的年轻人 18 岁学做导演，23 岁就去国际电影节拿奖，而我那个年纪还在搬砖。”《万万没想到》的导演易小星如是说。

易小星是个传奇人物。他的崛起就像涨潮时被拍上沙滩的珍珠蚌，潮退水消，日晒风吹，又经历了无数个夜晚的寂寞凉风，才悄然打开蚌壳，刹那间大放异彩，令人心惊。

易小星是湖南人，小时候家境不好。他有着非同寻常的艺术天赋，却因为生计选择了理工科。在 23 岁那年，他完成学业，第一次到工地上干活。站在桥墩上，他仰望着 47 米高的脚手架手足无措。这可怎么办？易小星暗自忧愁。但几个月后，易小星还是不得不接受了现实。

有一天，易小星到工地上做测量。测量仪器价值十几万元，所以易小星走得小心翼翼，生怕有一丁点磕磕碰碰。工地上有一段坡道，他爬着爬着，突然一个没踩稳，连滚带爬跌了下去。

一时间易小星悲从中来，也不顾浑身的伤痛，一屁股坐在地上，愤懑不已。他忍不住自问：“我真的适合干这行？如果不干这个，我还能干什么！”

一个偶然的机会，易小星做了一个小视频，上传到网上。出乎意料的是，网友们非常认可。易小星从中看到了希望，开始投身于网络电影制作。取得一定成绩后，他决意到北京，追求更大的发展。

他的母亲劝解他：“在小地方安安稳稳过一辈子，不也挺好吗？为啥非要出去冒险？”

他回答道：“如果 30 岁之前再不拼一把，以后可能再也没有机会，难道人生要在后悔中度过吗？”从此，他在北京开始了更加艰苦的创业。

几年间，他经历了公司破产的危机，经受了彻夜难眠的彷徨。终于，他在 2013 年导演了网络剧《万万没想到》，一举成名天下知。

他的人生与这部网剧一样，充满了“万万没想到”的惊奇。但这种万万没想到的奇迹背后，却满是千思万想的周详致密，不甘平庸的挣扎和努力，敢想敢做的人生自信。

用奋斗扛住梦想

2010年的地球刚跑上新的征程，就在电影《2012》里毁灭了。影片的导演说，我要把地球毁灭给人类看，让人们警醒。于是他斥资两亿美元，掀起了好莱坞的最高浪。三天以后，世界影迷无人不知他的名字——罗兰·艾默里奇。

1955年，一场铺天盖地的大雪袭击了黑格尔的故乡，德国古城斯图加特。庄稼受害，房屋坍塌，小罗兰在这样的灾难里降生，注定了他对灾难片的情有独钟。那个年代德国很不太平，柏林墙还横亘在东德和西德之间。十来岁的罗兰在西德接受教育，学习雕塑和建筑。

但罗兰并不喜欢这门枯燥的艺术。每天跟死气沉沉的石膏打交道，他觉得了然无趣，只好海阔天空地幻想世界与未来。出于厌恶，他总希望那些雕像和建筑都统统碎掉，然后自己幸灾乐祸地踩上去“捡落儿”。如果当年罗兰只是在幻想里过一把瘾，那也就不了了之了。但二十年后，罗兰的这一理想真的彻底实现了。自由女神像、白宫、埃菲尔铁塔在他的科幻巨制里一次又一次倒掉，而这些作品所带来的利润，足够罗兰盖一座货真价实的白宫。因为他的票房，比埃菲尔铁塔还要高。

那时候罗兰成绩很差，还想不到自己有朝一日会和斯皮尔伯格齐头并进。他放弃了雕塑，到广告公司做策划。这样的日子并不长。一天，公司老板把一摞文件狠狠地摔在罗兰面前。这就是你愚不可及的构思？老板把腿搭在罗兰的办公桌上，怒气冲冲。罗兰看着老板肮脏的鞋底，无言以对。

罗兰离开了公司。天大地大，难道就没有我容身之处？第二天，罗兰又回到学校。知识就是力量，总有一天我会把羞辱还给你的！罗兰心想。

那时已是1977年，22岁的罗兰在慕尼黑电影学院里“闭关修炼”，学习制片和导演。和其他求学度日的小伙子一样，青年罗兰在校的几年没有荣誉，也没有女友。他独自一人在寂寞里打发时光，“独上高楼，望断天涯路”。也许是量的积累催生了质的突变吧，在毕业之际，罗兰的毕业作品《诺亚方舟法则》一鸣惊人，竟然拔得柏林电影节的头魁。

不幸的是，年轻的罗兰虽然天纵英才，口袋里却没几个钢镚。他在德国大手一挥，豪情万丈地建立了自己的电影制作公司，本打算大干一场，却被狭窄的市场和捉襟见肘的资金卡住了前进的齿轮。倔强的罗兰不相信这是“天亡我也”，硬是咬咬牙，扛住了自己的梦想。

苦心人，天不负。一年后，好莱坞向罗兰抛出了橄榄枝，在他最艰难的时候。此时的罗兰已经筋疲力尽，抓住这根救命稻草后罗兰迅速恢复元气，并在好莱坞登陆。1996年6月25号，罗兰的《独立日》破幕而出。从此，雄鸡一唱天下白。

他付出的太多，无论何时你都会看到他的汗水。2009年11月，罗兰的旷世巨著《2012》在三天内席卷全球，震惊世界。而真正所向披靡的不是眩人的影片，而是他扛住苦难的肩膀，扛住梦想的奋斗。现在，他终于可以自信地指着自己的作品回答当年老板的嘲讽：“是的，这就是我愚不可及的构思。”

风帆的脚步

在美丽的英伦岛岸边，43 岁的英国男子杰奥夫·霍尔特驾驶着帆船，展开了横渡大西洋的挑战旅程。那天是 2009 年 12 月 10 号，他将于 2010 年 1 月份到达彼岸——加勒比海的凯恩花园湾。

也许你认为这没什么了不起，因为曾经有人单凭狗刨征服了英吉利海峡，扬帆出海算得了什么。可杰奥夫的确与众不同，他和霍金一样只能坐在椅子上艰难度日。

杰奥夫出生在大海边，从小就对大海充满了向往与崇拜。每年圣诞节来临之际，杰奥夫的父母总是在他的大袜筒里塞上一艘舰艇模型——这是杰奥夫最期待的新年礼物。当别的孩子拿着糖果欢呼雀跃时，杰奥夫总是静静地捧着模型，幻想自己在宽阔的甲板上自由奔跑的情景。

16 岁时，上帝成全了这个年轻的水手。他离开学校，挽起跨洋运输船的缆绳，做了一名大副。大海虽然波澜起伏，大海上的生活却平静得不起一丝波澜。无聊的杰奥夫经常在深海航行时跳入大洋，像一头小海豚似的在大船左右戏水。他以为这只是童年理想的开始，却不知道上帝将要折断他的双鳍。两年后，他在跳水时摔断了脖子。从此四肢瘫痪，只有眼睛和手指能感受世界。

受伤以后，杰奥夫在医院休养了10个月，负责照料他的是一名叫作伊莱恩的漂亮女孩。在10个月的朝夕相处中，伊莱恩爱上了四肢瘫痪的坚强男孩杰奥夫。杰奥夫出院后，伊莱恩竟跟着他一起离开了医院。

杰奥夫接受再教育后，在一家会计公司获得了一份工作。没过多久，他就和伊莱恩结了婚，两人还存钱买了第一所房子。然而，身体残疾的杰奥夫在许多地方都受到别人的歧视。有一次他和朋友们去看电影，走到检票口时被检票员礼貌地拦住了："对不起，先生，残疾人不许入内。"杰奥夫在那一刻彻底绝望了——自己虽然怒火中烧，却连攥紧拳头抗议的力气都没有!

就在第二天早晨，杰奥夫突然认识到他不能自暴自弃。他要向世人证明，即使身体瘫痪，他仍然能够做一些连正常人也无法做到的事情。杰奥夫决定重新学习航海。他向一个朋友借了一艘专为残疾人制造的帆船，杰奥夫可以通过手臂的微弱动作以及用嘴巴咬住绳索来控制帆船进行航行。

2002年，杰奥夫的妻子伊莱恩生下了他们的儿子蒂莫西，而他的个人传记《在水上行走》也得以出版。2007年，四肢瘫痪的杰奥夫备好帆船、饮食、日用品，他的轮椅被推上几平米的甲板。109天后，杰奥夫的"凯旋战马"泊进了一个小海湾，他的妻子和儿子正在静静地等他。三天后，英国无人不知杰奥夫，因为一个四肢瘫痪的残疾人竟然能够环游英伦三岛一圈！在别人看来，这是不可能的事。但杰奥夫说，与天斗，其乐无穷。

2009年12月10日，杰奥夫驾驶一艘长达18米的"不可能之梦"号双体帆船从西班牙兰萨罗特岛出发，展开横渡大西洋的航程。他将穿越3000英里，并在几周后抵达加勒比海英属维尔京群岛中的托托拉岛，从而一举创下四肢瘫痪者驾船横渡大西洋的历史纪录。所有被他的执着与坚韧打动的人都在默默关注他，祈祷他一帆风顺。

上帝取消了你奔跑的资格，报废了你的两条腿。但风帆是你生命里更踏实有力的脚步，那是你为自己打造的助跑器。

燃烧取之不尽的坚韧意志，释放用之不竭的人性之光。相信这个在水上行走的人，将会成为坚韧者的领跑员。

擦亮刀锋

奥斯卡一出生就缺少腓骨和踝骨，母亲握着他只有四个脚趾的小脚丫愁眉紧锁。小奥斯卡在襁褓里酣睡，不知他有没有想到将来像其他残疾人一样在路边蹒跚乞讨的悲惨命运。

屋漏偏逢连阴雨，一岁时奥斯卡截肢。两岁时，他装上了一副冰凉的假肢。“失败者绝对不是最后一个跑过终点的人，而是那些放弃竞争的人。”这句话是奥斯卡的母亲送给他的。为了让孩子可以在手术后面对新生活，母亲写下了这句话。

小奥斯卡是个天性乐观的孩子，他留着一头短短的金色卷发，奇怪的走路姿势总是引人注意。当其他残疾人面对运动心如死灰时，奥斯卡的眼中却闪烁着动人的光芒。他爱上了体育，并全身心地投入其中。拳击、橄榄球、水球、网球，他几乎无所不能。即使是近身肉搏的激烈运动，他仍稳操胜券。他忘记自己是个残疾人。有一次停车，管理员让他把车停到残疾人车位，奥斯卡断然拒绝了。

他像一块强磁性的吸铁石，坚硬耐磨，也吸到了一桩又一桩的不幸。

一天，奥斯卡正在约翰内斯堡高速驾船，命运再次倾他一盆冷水。水面上事故骤发，奥斯卡头部重伤。他被直升机空运到医院，在重病监护室待了 5 天。在康复训练中，他逐渐发现并坚定了自己跑步的天赋和目标。

奥斯卡向着目标进发，每天都在进行超乎常人的艰苦训练。他也曾抱怨：每次跑完，真假肢接触的部位很难受，糜烂所带来的疼痛令人无法忍受。可想而知，一个没有双腿的残疾人想要和双腿健全的专业运动员同场竞技，就如同失去翅膀的鸟儿妄图与雄鹰搏击！当所有人对奥斯卡的举动报以同情或嘲讽时，他用无声的锻炼坚守了梦想，那些沉默中流下的泪水澄清了希望的底牌。

2004 年，17 岁的南非小伙子奥斯卡跻身雅典残奥会。在他用刀锋般的假肢起跑夺冠的一刹那，所有人为他惊呼：简直是刀锋战士！奥斯卡终于迈出了人生坚实的第一步——用他的假肢。他的教练形象地评价他是“没有二挡的五速引擎”。

他没有就此止步。倔强乐观的奥斯卡把目标从雅典残奥会上升到了北京奥运会——他想要和正常人同场竞技！

2007 年初，奥斯卡正式申请参加北京奥运会。

2007 年 7 月，国际田联宣布，允许奥斯卡参加北京奥运会的可能性小之又小。

2008 年 7 月 16 日，奥斯卡在瑞士卢西恩田径赛跑出 46 秒 25，无缘奥运会个人项目。

2008 年 7 月 18 日，南非田径协会宣布奥斯卡无缘奥运会团体项目。

奥斯卡再一次受到当头一棒，失败的阴霾笼罩着他的心灵，残疾人为什么不能参赛？奥斯卡有疑问，有不甘，唯独没有退缩。奥斯卡仍对自己的梦想念念不忘：“我有信心可以参加 2012 年伦敦奥运会，并将为此继续努力。”当别人面对苦难抱头鼠窜时，奥斯卡却用自己的假肢大踏步地迎了上去。那些磨折和不幸经过乐观与勇气的分解，统统化作奥斯卡生命的磨刀石，为他擦亮灵魂的刀锋。

2012 年，当他励志的身影成功出现在伦敦奥运会赛道时，全场欢呼，他受到了比菲尔普斯和博尔特更高的礼遇，因为那是观众对体育精神的虔诚敬礼。

8 月 4 日，奥斯卡顺利晋级半决赛。“我不知道该不该哭，当时百感交集，这是我生命中最美妙的经历。”

8 月 6 日，奥斯卡在半决赛第二组以 46 秒 54 垫底，无缘决赛。赛后，冠军选手吉拉尼 · 詹姆斯主动来到奥斯卡身边，与他友好地握手，交换名字牌。两人激动地拥抱在一起。那一刻，掌握奥运金牌的赛场冠军与佩戴灵魂勋章的无冕之王交相辉映，深深融合。他终于实现了自己与健全者在同一个赛道起跑的梦想。

一个失去双腿的残疾人，不为艰苦生活所阻折，不为身体缺陷而沮丧，反而逆水行舟，愈挫愈勇，终于靠一副假肢跑入生命的天堂。这就是刀锋战士奥斯卡 · 皮斯托瑞斯。在他年幼时，做截肢手术的那一日，他失去了肉身跳跑腾挪的双腿。在他懂得母亲那句话的某一刻，他获得了灵魂振翅而起的双翼。撑起这双有力翅膀的，正是坚韧的毅力和永无止境的进取精神。

不知在奥斯卡走上奥运会赛道的一瞬，他有没有想起母亲的话——失败者绝对不是最后一个跑过终点的人，而是那些放弃竞争的人。

私人定制

每个人对人生都有一份与众不同的私人定制，杨澜的私人定制尤其绚烂、合身。她本是央视名角，却毅然放弃大好前程，远渡重洋海外留学，归国后进军凤凰卫视，最后成为阳光卫视的大当家。这样一份“巨制”是怎么实现的呢?

杨澜本是北京外国语大学的学生，相貌平平，并不出众。杨澜知道，她这一辈子的私人定制就是传媒，目标精准，层次分明。人生有不确定的因素，也有可定制的因素。对于可定制的部分，一定要敢想敢做。大学毕业后，她到《正大综艺》应聘，与导演唇枪舌战后才被应聘。

在央视取得金话筒奖、十佳主持人等成绩后，杨澜逐渐感到目前的成就还是依托机构，而非个人能力，而且在某些方面“事与愿违”。于是她毅然把这份私人定制的事业升级到第二级：辞职，留学进修。同事和朋友替她惋惜，唯有她自己坚持。

哥伦比亚大学留学归来后，杨澜加盟凤凰卫视，取得巨大成功，成为“比节目还要重要”的人，个人能力完全发掘出来。此时，她开始按照当初预定的事业轨道，进军商界。这是其私人定制的又一次升华——第三级。1999年，杨澜辞去凤凰卫视工作，渐渐地寂寂无闻。2000年，几乎在一夜之间，杨澜突然收购良记集团，并最终打造了属于自己的传媒帝国。

短短几十年，杨澜从普通学生变身亿万富翁，风头堪比李嘉诚、默多克。回忆生平时，杨澜说："气球的操作员能做的只是调整气球的高度以捕捉不同的风向，而气球的具体航线和落点，就只能听天由命了。这正是乘坐热气球的魅力所在：有控制的可能性，又保留了不确定性，所以比任何精确设定的飞行都来得刺激。"其实人生的乐趣也是如此，全在这定与不定之间。

杨澜的私人定制所以成功，全在于精准地衡量了定与不定的界限，利用了可定制因素。

我们也可以用四只毛毛虫来代表生活中的四类人，听我给大家讲个毛毛虫的故事吧。

四只毛毛虫很喜欢吃苹果，它们在春暖花开时为自己定制了一只苹果。

一转眼秋天到了。第一只毛毛虫头脑简单四肢发达，看着红彤彤的苹果馋涎欲滴，它迫不及待地爬上去，结果没找到苹果。原来它稀里糊涂地瞎钻乱爬，驶上歪路，错投了没结苹果的枝头。它只好望洋兴叹，自怨自艾。

第二只毛毛虫可没那么傻。它先在树下瞅了半天，认定一颗最大的苹果，然后才兴冲冲出发。这时候它只顾埋头前进，什么主干呀、岔口呀、侧枝呀，它一概不管，只是朝着那大苹果爬去。殊不知，那位置并不能直线抵达，要经许多曲折迂回。结果它爬到了另一处，侥幸得到一只小苹果。

第三只毛毛虫吸取前两位的经验教训，决心不再重蹈覆辙。它借来一部望远镜，确定大苹果的位置，设计好路线，研究出各种爬法。可谓胸有成竹，万事俱备。就这样，它信心满满地踏上征程。后来的结局令它大吃一惊：大苹果已经被小鸟捷足先登啦！只剩下周围一圈小苹果。

这三只毛毛虫比较可怜，付出后却无巨大收获。第一只毛毛虫没有属于自己的“私人定制”，它只是凭借简单的欲望一味胡爬，一无所得是意料之中的事情。第二只毛毛虫确定了“私人定制”目标，却缺乏相应的计划和准备，最后也不了了之。第三只毛毛虫算得上聪明，把一切都准备得满满当当。可惜它的目光只停留在果熟的一刻，不够“先知”和长远，所以等计划付诸实践，早已被人抢先。

现在我们要说说第四只毛毛虫了，它代表真正的智慧。这只毛毛虫和第三只毛毛虫所做的准备几乎一样，唯一不同的是它在春天就来到树下。前面几只毛毛虫是在秋天认定大苹果，而它在春天就开始观察那些最硕大、最饱满、最具生命希望的苹果花。这样，它就有足够的时间在苹果成熟的一刻准时抵达枝头。

它成功获取了独属的“私人定制”。这一份生命的华丽定制，需要全程参与和打造，而杨澜就属于这种人。

被命运逼着向前

朱元璋小时候是个混饭的和尚，每天肚子饿了就得念着歪经去讨饭。但他的大明王朝决计不是讨来的。那时候他身无分文，只有要饭的一双手。后来兵荒马乱，谁都吃不上饭，谁还管他？他只好报名从军，押上自己的命，说吃军饷是骗人的鬼话，谁都知道元朝国库的钱不会拨给叛军的财政局。所谓起义军，无非是仗着人多去抢掠乡绅和百姓，老百姓不想被敲骨吸髓，那就只有加入义军，从被抢的变成抢人的。朱元璋就是这么干的。

当兵后的朱元璋吃得上饭了，但吃了无滋味。毕竟经常和人干仗，真刀实枪，一不小心就挂了，活得不踏实，谁有心思吃？只有当官的才能坐镇中军帐，不用拼命，朱元璋于是奔着这条方针政策去。

皇天不负有心人，二十来岁的朱元璋终于在自己泥淖淤积的前半生里鲤鱼打挺，倏然翻身。他虽然只是小军官，却深得元帅郭子兴的欢心，所以大家都捧他。他也就每天吃香的喝辣的，好不逍遥。只是好景不长，朱元璋还没过两天安生日子，魔障又来了。郭子兴元帅非要把自己的干闺女嫁给他。郭的闺女人称马大脚，那是出了名的丑，白送都没人要的。

朱元璋为了保命，只好忍辱负重，“委身”于马大脚。

光阴已逝，转眼间义军已经三分天下。倒不是朱元璋有妄图霸业的雄心，是起义军的惊涛骇浪把他托到了时代的风口浪尖，真可谓人在江湖，身不由己。那时候逐鹿中原的还有两张大牌，张士诚和陈友谅，哪一个不比他老朱肥三圈。所以彼时朱元璋很想议和，搞个民主联合政府什么的。但大家都杀红了眼，也就由不得你高擎橄榄枝。张士诚的千军万马顶着他的后背——缴枪不杀。朱元璋当然不愿意无私奉献，试问哪头老黄牛肯把自己的几亩地让给别人糟蹋？于是两人在战场竞技，朱元璋得了金牌，张士诚带着银牌去了阴曹地府。

直到这时，朱元璋还是愿意当陈友谅的小弟，毕竟人家财大气粗，而且朱元璋是小农出身，老早就想过怀中抱子脚后蹬妻的安生日子，没逼到份上，傻子才去拼个你死我活。可偏偏陈友谅要赶尽杀绝，不让朱元璋睡囫囵觉。既然这样，只好勉强应付。朱元璋心不甘情不愿，打十场败九场。直到最后老陈把老朱逼得走投无路，两人在鄱阳湖光着膀子，裹挟千军万马，大干了一场。

天下终于尘埃落定，朱元璋死都想不到这辈子能当上皇帝。今天，这双手握着温润的玉玺，在历史的通关文牒上印下“朱明”两个字。朱，是朱元璋的朱；明，也是朱元璋的大明。

他这一辈子，都被命运逼着向前进。饥饿，死亡，丑妻，劲敌，疲惫，痛苦，这一切，为他吹响了苦难的冲锋号。要么去拼，要么等死。

没有人是永动机，总能秉持着“吃得苦中苦，方为人上人”的理念，一辈子不断劝着自己去受苦受难，去自残去自戕，去大风大浪里呛水喝气儿。成功都是被逼出来的，你我概莫能外。回头看看朱元璋的路，又有几步是他心甘情愿迈出的。逆水行舟，不进则退。历史把每个人推上了舞台，而你能做的却只有一件事——迎难而上。

第三辑　那些人间烟火（妙趣篇）

骑着马的皮影走过了爱情

他跨上单车，右手扶把，腾出左手来去拍后座，嘴里呼一声“驾！”于是一匹马似的启程了。

他希望自己有一匹马，可以骑着上下班。他不在乎一条西裤，光阴荏苒，只有驰骋才会留下一点起伏的蹄印。他还希望马背上有一个女孩儿，她眉细细，眼细细，一声微吟娇莺似的：妾本钱塘江上住，花开花落，不管流年度。

生活的乱麻左缠右绕，他的“马蹄”越来越举步维艰了。不过，就在窗口的仙人掌垂死的时候，它却开出了一朵意外的花。

那天他的单车坏了，停在路边。修好后抬头，才看见一个姑娘正站在旁边。她眉细细，眼细细，一声微吟娇莺似的：带我一程好吗，上你的“马”？

他点头不及，求之不得。女孩儿轻轻一跃，偏坐在后座上，揽住了他的腰。他眼皮一跳，像平常一样嘴里呼一声“驾”，然后腾出左手来去拍“马屁股”，却不小心碰到了女孩儿的手。

她是小家碧玉，虽不倾城，却别具风姿，那一弯蛾眉笑起来，勾魂摄魄。他只不过是个做梦的凡人，相貌平平，并无可圈可点之处。可他们就这样相遇了，在一辆单车上拨动了情愫的齿轮。

以后的每一天，她都要上他的车，听他短呼一声“驾”，上路了；再听他长呼一声“吁”，到站了。他有一种策马奔腾的感觉，她也觉得红尘有伴。这真好啊，世上最幸福的事莫过于一个爱你的人伏在你背上酣睡了。她敢睡，睡得踏实，安稳，放心。她翘起的嘴角，给他打了满分。他知足，骑着自行车驶进了春天的叉道。

这条路并不长，她却似乎有点累了。抽回那只搂着他的腰的手，她捧一本书，在后面呆呆的出神。他以为她倦了，于是买了一款旧车，为他们的爱添了两只轮子。

街上的叶子落了一地。很久没有见到她了，他着了急。于是，他去接她，却看见她在老板的车里吻别。唇正红，粉正香。他一下子就呆住了，愣在驾驶座上不知所措。而完事儿的她走入人群，恍若无事。那么多的女人如香风扑面，匆匆路过。他打一转方向盘，却晕了头。一杯淡茶，在芸芸众生的洪流里淹死了。

每个爱人都是艺术家。他们把生活提炼成皮影，为它画稿，雕刻，染色，最后拴一根小木棍放在幕后，开始替爱情的调子调弦，上妆。现在，撑着她的那根小木棍已经落在别人手里，而他，倒成了桌脚下碎掉的皮影人。

再次相见的那个秋天，他正骑着单车漫无目的地逛街。她喊一声“吁”，他便不由自主地捏了闸。回头一看，是她——细细眉眼里，黯淡了多少风情。这时的他蓄了一脸胡子，已非青衫白袖的五陵少年，而她也在额头耕出一亩刘海，掩盖那不懂事的皱纹。

你的“马”还好吧？她不问他，只问他的马。

还好。你的男人还好吧？他不问她，只问她的男人。

她笑笑，眉毛似记得当年是如何打弯弯的。他也笑笑，抚着手底的单车。那一年也是秋天，她的哥哥锒铛入狱，是老板的慷慨买回了哥哥的一条命。老板摸着她的手，情不自禁，却没有逼她。而她觉得重恩当头，如压千斤。她知道该怎么做。她就那样半推半就地嫁给了恩人，一旦相拥，便再没有跟他解释的必要了。

这些年他也结婚生子，只是依旧喜欢做个孤独的骑士。垂杨紫陌洛城东，总是当时携手处，游遍芳丛。在那些曾经的小路上，他一次次朝花夕拾，挽起旧事。他在她的影子里醉了一辈子，而她在他的单车上睡掉了一个青春。如今酒醒了，梦也醒了，大家反而不知道说什么好。

我再坐坐你的马吧。她轻轻说了声，似微吟，又似乞求，神情里满是不堪。他说好啊，上来吧。说着嘴里又呼一声“驾”，“马儿”跑了起来。她等着他回过左手来拍拍她，他却没有。他只是狠狠地用足力气，仿佛要蹬回到过去。那副齿轮已经锈了，很久没有活动了吧。她老老实实地蜷在后座上，叹了口气，却似娓娓道来。

爱情对我们有种种提问，我们却做不到对答如流。很久以前的一道题，已经封住了一曲心脉，更何况今天呢？她叹这口气，他亦如是。

天色渐晚，到家了。男人和女人从单车上下来，互道晚安。然后挥一挥手，再见吧。再见吧，天色真的晚了，如果你舍不得，要不，我们等一等来生？

那么一点情感的驰骋，却在他心里踏上深深的蹄印。岁月的浮华老了又老，开了又开，多少男女在幕后灯前，甩起了长袖，只有他不管不顾。他跨上单车，宛若秋叶，一匹马似的飞走了，如红尘最后一剪皮影。

雪山上的情人结

布达拉宫的无畏狮子大法宝座上，坐着一位青年。他目光深沉而忧郁，望向殿外迷离的云层。他是六世达赖喇嘛仓央嘉措。

仓央嘉措出家前有一位美丽动人的意中人玛吉阿米，他们牧马放羊，踏遍了草原高山。被选入布达拉宫后，仓央嘉措十分痛苦。“你的细细的皮鞭，轻轻抽打在我的身上”的欢趣不再有，剩下的只是宝相庄严下“不负如来不负卿”的心理撕扯。

情是世上最奇妙的东西。渐渐地，佛法也不能遏其涓流。不能自抑的仓央嘉措终于“负了如来”。那是一个早晨，肃寒的光景。他敛起僧衣，轻手轻脚，揌着一颗砰砰乱跳的心，悄悄出了门。一夜的大雪，仿佛满怀希望的唱念，无声，有情。不俗即仙骨，多情乃佛心。这一刻，他与玛吉阿米约会。这一刻，两人再次相拥了，心潮澎湃若梦中的涅槃。天高云淡，寒风凛冽，几座高山延伸到脚下，皑皑白雪寸寸依偎。

从遥远的玛吉阿米家门口到这里，有一趟细细的纤柔的脚印，以思作线，韧而不断；从高高的布达拉宫天阶到这里，有一道仓促的深深的脚印，踏峰脊为绳索，绵亘蜿蜒。这两股丝绳随着拥抱紧紧拧作一股，打成一个情人结。难以割裂。

此时，警醒的铁棒喇嘛发现了宫门口的脚印。他顺着这道雪地上踩出的“情人结”寻去，恰恰发现二人。结局是悲惨的，铁棒喇嘛处死了玛吉阿米。仓央嘉措哭得天昏地暗，却只能眼睁睁地看着。

“第一最好不相见，如此便可不相恋……但曾相见便相知，相见何如不见时。安得与君相决绝，免教生死作相思。”他苦，为心里的那道结而苦。后人替他自语：住进布达拉宫，我是雪域最大的王；在拉萨的大街上流浪，我是世间最美的情郎。

虽然爱人死了，但爱你的心还未死。生生世世，在高寒雪地。那一道坚定到义无返顾的“情人结”，仍然冻结在圣洁的雪山上，新鲜永存，无人能解。

遗忘之恋

岫岩，雪下到江南了吗？

她站在多布库尔河岸打电话，雪花消逝在河水里。隔着无数火柴棍似的云杉，往这边俯视乔涵红色的身影，如一只安静的火狐。

没有，雪过不了江。岫岩在三年前的傍晚这样说。她还记得那天的雪很大，一片就能盖住她半个小手。长途车在荒野抛锚，人们陆续离去，最后茫茫大雪里就剩她和一个男孩儿。那时候暮色沉沉，大雪张狂，他那件墨绿色大衣袭上她肩头的一刻，她就认定他是她命里的风雪夜归人。

她在茫茫雪原里想他，这是他到南方做义工的第二个年头了。她在林海的实验室里有做不完的实验，想不完的身影。有时候她也会拿起手锯到雪地里采集标本，手锯在植株上“噌噌”吻过，像唇对爱人的褫夺。实验室还有两个男孩儿，沉默的黑边眼镜，沉默的金边眼镜。两副眼镜，听她日复一日讲着岫岩的故事。

她对他们说，“红”是一只雪似的文鸟，踉踉跄跄跪倒在岫岩的脚边。他和她一起把“红”养大，岫岩把小米捧在手心，她会就着他的手把粟皮吹掉。然后他们一起看“红”啄食，想象季节的情欲在它胃里慢慢苏醒。

她对他们说，还有“叶”，它可乖了，从不说一句话，文绉绉的，像你鼻梁上的黑边眼镜。他是我和岫岩一块儿从土里掘出来的，它在岫岩的书桌上蒙头大睡了好久，既不多长一片叶，也不蔫答答地死去，到现在还是单身。岫岩每次绕过它取书的时候，它总会拽他的袖子。“叶”是一片平凡的红枫标本。

有时候黑边眼镜会问她，在炉子里燃一把火怎么样？

她会说，不，炉子里已经有一把火。

有时候黑边眼镜会问她，一把柴火什么时候烧完？

她会说，湿柴又慢又生烟，别呛着你。

眼镜们沉默时，她就会接着开讲。这时候，她小手支着下巴，专心致志，明净的眼睛里像有两根闪烁的麦芒，扎向记忆。

她说，你们怎么会知道，岫岩是世界上最好的男孩儿，他用一个肩膀就能把我托起来，在原野中旋转着日光、暮色、锦瑟华年。周围的弦声绞成一团，塞进耳朵里，浓郁不歇。

她说，相思是湿的，可谁又能在爱情的雨季里支一座防潮的帐篷呢？岫岩是最好的义工，他都办不到。我和岫岩在敬老院给老人的花架子除潮时弄得浑身铁锈，他的衣服后来都是我洗的，一点一点地搓，一点一点地熨，从肌肤到纹理，一道褶子都没有。岫岩说，相思是湿的，当然会生锈喽。我说也是。

她对他们说，我记得一到冬天，岫岩就把我抱在胸前，裹着我走路，他的大衣外面是荒唐肆虐的风雪，我拥着一重温暖，谁也别想进来！他喜欢趴在我头上闻我的发，用鼻子闻，用眼睛闻，用额头闻，好像我的头发打了香水。那一刻，他乖得像个孩子，只求温馨的味道，太可爱了。

你们知道南方之旅吗？那最惊心动魄了。她撸起袖子，一副要跟往事大干一仗的架势。那是下午，哦，不，是黄昏，长江的大水拍散了西天的火烧云，高天蓦地低了下来，世界像一台正在放映的笔记本倒翻了45度，洪水没打一声招呼就拿我们塞牙缝了。我还记得那天我和岫岩订婚，我们要到南方接受其他义工的祝福，他们给我们准备了一千枝玫瑰花，每一朵都如唇红，一点杂色都没有。可我们遇险了。在水里我们还看见那些玫瑰挣扎着要起身，但事后岫岩说它们病了，需要躺下休息。当时的水好大，好呛，眼看着一棵大树就要撞来，岫岩“哇”的一声大叫。原来他用自己的身体挡了树干，一口血吐在我胸口上。想想看，换作你们，你们舍得这样救我乔涵吗？

眼镜们耷拉下眼睛和鼻子，暗暗羞愧。她得意地笑了，这就是我的岫岩。

她对他们说，听了我的故事，你们还想打我的主意吗？你们能比岫岩更爱我吗？我们很快就会结婚的，所以你们两个最好老实点。

然后，她睡了。趴在橡木桌上的，是她祥和静谧的脸。睡着的她想不清往事了，自从在洪水里用自己的身体为岫岩挡那一击，她的脑子已经出了问题，总是认为岫岩救了她。在大兴安岭的林海雪原里，暴风为伴，没人和她计较过去。

黑边眼镜脱下自己的墨绿色大衣，披上她的肩头。转身，关紧窗户。玻璃外，是多布库尔河，是无数火柴儿棍儿似的云杉。一只火狐一跃而过，红彤彤的一点，在远方。

他仿佛听见路过门口的雪，在回头轻轻问他：岫岩，雪下到江南了吗？

爱情虎符

小麦你在干什么？

喝咖啡，看书。

书有什么好看的？

书中自有黄金屋。

呃，真的有？华歆问话的时候总是底气薄薄的，愧对了丹田。他不敢看她好看的眉毛，好像瞥一眼就是犯上作乱，应该推到午门外斩首似的。

我会给你买一屋子的范思哲衣服，你可以想象设计师在豪华面料上动手动脚的奢侈享受，生硬的几何线条和你柔和的身体曲线缠绵交汇，那将是你青春里的一场文艺复兴。我会给你买一整箱的香奈儿或者候比甘，让你走进玛利亚皇后的香水宝殿，大嗅拿破仑临死前仍然钟情不已的味道。我还会给你一个不可一世大有身价的男人，那个男人就是我。

结婚以前华歆是这么说的。所以当他发现自己把金屋藏娇的诺言按到水里淹死后，他就再也不敢信口开河了。那些日子，小麦总会用漫不经心的样子让他产生错觉，误以为她不在乎那些。

衣服嘛，干嘛非要范思哲，其实我穿什么都很性感啦。香水，简直没必要，你不觉得我上辈子是泡在茉莉花里发芽的吗？至于男人，唉，男人，不缺胳膊不少腿也就天恩高厚了。谢谢菩萨，谢谢菩萨，你看我过得还不错啊。

华歆看着小麦在自慰里忘乎所以地“挣扎”，却并不想拉她一把。因为上了岸会使小麦目睹更多的惨状——没有金元宝，没有银锭子，也没有一个风流倜傥的男人。总之，可以仰头长叹恨欲狂了。

“小妹，你真好看。”华歆第一次遇上小麦就开门见山，把所有的顾忌捋到脑后干净的短发里。

“是吗？狗嘴里吐不出象牙，居心不良的家伙！”那时的小麦伶牙俐齿，两颗小虎牙尖尖地衬着酒窝。

“当然是了，完全是！你叫小麦啊，真好听。小麦，你的蕊呢，你的穗呢，你不乖乖低头，是不是还不成熟的缘故啊。”华歆居高临下地调戏。

小麦真想抽他一耳光。

但小麦没有。

她舍不得对一个天真的男孩儿下手，更何况还有一层风趣的碳膜，过滤着一个夏天的无聊与轻浮。

如果两只手彼此喜欢对方，那么任谁也拉不开。虽然粗糙隔着细腻，可有些注定的纹理却嵌合得天衣无缝。

仿佛，你是我的另一半虎符。

但凡在有爱的季节里，所有东西都可以冠上美好的形容词，用来滋润我们的眼神，无论是紫荆花、风铃草，还是一丛蓬蒿或者断掉的高跟鞋。所以华歆也享受到了一样的待遇，虽然他又笨又懒，还喜欢穿花花绿绿的及膝裤衩，可在小麦的眼里，他身上仍然大有美在。

“华歆，赶快跳级上大三，否则你追不上我了！”

“不急不急，君不闻，陌上花开缓缓归？”

校园里的梨树下过两场雪，日头烂漫成了年头。华歆还在陌上看花，小麦却已经东市买骏马、西市买鞍鞯了。

“你要走吗，小麦？”华歆问话的时候总是底气薄薄的，而且明知故问。

“华歆，你再也见不到我了。”

“不会，不会的。小麦，你是我的小麦，你要等我亲手收割。”

为每一寸光阴标上尺寸吧，风，给它做一套合身的衣服，用感情缝上扣子，穿在岁月上慢慢展览。毕竟，一个季节只属于一棵麦子，一棵麦子只属于一个农夫。

“男人上了班就是不一样啊，才几个月就敢对两年工龄的前辈吆五喝六了！”小麦噘着嘴——我就是不听话！

“我的小老虎，求求你了，看在摄影师同志汗流浃背的份上，你就穿上这件婚纱吧。”华歆跪在小麦的达芙妮鞋子边喘粗气，“你瞧，看在我给你买的这双鞋子的份上，好吗？”

看在耶稣基督的份上！

小麦嫁给华歆了，虽然别的男人认为不大般配。那天她看着他跪下，握着她的手背，给她戴上假戒指，轻吻，仿佛献上了固守一生的城池。小麦哭了，以后就是合资的青春，一点眼泪只当是年轻的回音。

华歆，你真的做到了。虽然你没有带镰刀，可你真的一寸一寸的，收割了小麦。那么的，有条不紊。那么的，气定神闲。有一弯细细的好看的眉毛，现在完全属于你了。

可是她后来说：“华歆，我要香奈儿……华歆，我要范思哲……华歆，我要好男人……”

华歆不理会，直到有一天他在小麦的抽屉里看到一瓶香奈儿，指头大小，戳破了诱惑。香水瓶底下刻着她和一个陌生男人的名字，两个名字中间连着一颗浅浅的心。华歆拿在手里把玩，冰凉的，淡蓝透明，盈盈一握。他玩了一会儿，小心翼翼地放好，又把抽屉拉开到一半，默默走了。

华歆想起来了，小麦说过，华歆，我要好男人。

小麦下班回来的时候，华歆正巧出去，平时他是很喜欢做宅男的。小麦问，你去哪儿？华歆说出去买蚊香。

什么，三九寒天你买什么蚊香啊。但小麦没有接着问，她看见开着的抽屉，好像在裸睡。

天色暗得很快，外头下起雪，一片一片地扑到窗子上。华歆十点才回来，醉醺醺，晃悠悠。她等着他的匹夫之怒和暴风骤雨后的一切不幸，可他没有。

他说："给我脱鞋子，小麦……给我盖被子，小麦……给我，给我小麦……"

醉了的他，像当年那个大男孩儿一样纯洁、干净、一尘不染。她"哇"的一声，泪水决堤。

第二天他醒来，天已经晴了。楼下的雪消失，抽屉缩回去睡觉。没有人提起那瓶香水，床头的布娃娃闹钟还会说"我爱你、我爱你"。天晴了。

看碟，逛街，打游戏，是什么时候，两个人开始琴瑟和合。他辞去工作，开了一家咖啡屋。不上班的时候，她也会在一个角落里捧场，就着暗淡灯光，哼千百惠的小调儿。他在旁边看，所以她总能——柔情万种。

把衣服脱了我给你洗下。小麦不再要香水，也许香水没有他的味道好。居家，她喜欢穿上他宽松的花花裤衩在闺蜜前走来走去，很自得。而他也不甘落后地把她带洞洞的牛仔裤套在胳膊上显摆，像个小孩子调皮捣蛋。生活是一杯淡盐水，味道淡一点，却无毒，偶尔冒点小泡泡，咕嘟咕嘟，讲自己的故事。

小麦你在干什么？

喝咖啡，看书。

书有什么好看的？

书中自有黄金屋。

日子缝进简单的问答里，日复一日。

爱情在行军，而你是我的另一半虎符。

蝴蝶

他一撒手，她便走了，脸上还有两行清泪。

他们是恋人，相约一生一世不离不弃。她绝美，两湾碧波一张秀面，不让西施王嫱。而他样貌平庸，无异常人。现在，他则多了几分无奈的倦怠，靠着死去的爱人睡着了。

他们在一家单位上班，低头不见抬头见。随着时光的积攒，两个人渐渐有了好感。他递她一张纸巾，她还他一方手帕，你来我往，好不暧昧。他们的事渐渐在单位传开，连扫地的阿姨都略知眉目。而他干脆一纸婚帖，昭告了天下。

人们来暗示她，以你的条件，还愁没有好的，你急什么呀。不听劝的她嫣然一笑，轻启朱唇，我就是愿意插在“牛粪”上，不劳你们操心了。

他们很快结了婚。不久，孩子也来报到了。大家都惊奇地盯着这对速配鸳鸯，看他们到底能游出多远。

他们不是没有脾气的神仙伴侣，婚后的小打小闹像火星儿似的，也会冷不丁地迸溅到静谧的光阴上。不过，这并不能烫疼大致恩爱的生活。女儿的出生，更为他们的婚姻上了一道保险。如同童话的结尾，从此三个人幸福地生活着。

但这却并非结尾，命运另有安排。那天，她正坐在镜子前端详自己那细细的眉眼，只听“咚”的一下。出去看，他已经轰然倒地。送院检查后，医生宣告他得了绝症，时日无多。

擦干泪水，她清丽的面容竟显苍老，一寸寸让人心疼。病床上的他反而恍若无事地笑笑：梨花一枝春带雨，你真好看。一旁的医生面无表情地说，这种病到这种程度，只能换肾了。她点头嗯了一声，义无返顾地走进手术室，像一只赴火的蝶。翩翩去了，不回头。如果生离死别已然迫在眼前，我愿留点东西为爱情代言，比如生命，比如半世的心心相印。

天遂人愿，手术后的他神采奕奕。她呢？他惶急地问。医生告诉他她还好，知道如此，他那被心神攥紧的眉头才渐渐松开。不久以后，他方知道情况大大不妙，而这似乎已经晚了。那轮旖旎的明日已经转身离去，你到哪里去挽留霞光呢？

她像得了一场大病，身体急转而下。医生们一阵匆忙后，就把她的手交给了他，说，有什么话赶紧说吧。他紧紧握着她的手，泪如雨下。此时此刻，他还能说什么呢？而她却突然面泛桃花，似旧日柔媚，轻轻地说，别人以为我得了一场大病，其实我是经过了一场大恋呢。说罢开心地笑了。看见她笑，他也陪着笑了，手不由地就松下来。

可他一撒手，她便走了，趁他没注意。她脸上还有两行清泪，星星点点的，湿透了青春。现在，他们分开已经一年了。又是清明时节，该去看看她了。

墓园清静，旧人还在碑下留宿吗？他不知道。天真的女儿正攀着他的脖子背诗呢。清明时节雨纷纷，路上行人欲断魂。借问酒家何处有，牧童遥指杏花村。哪里有酒呢，他四处找着，却看到一只长着硕大翅膀的蝴蝶。

抓起来，抓起来！女儿喊他。他似乎很听话，乖得像个孩子。抬手一撩，就捏住了它。女儿又说，小可怜儿，放掉它吧。小可怜儿是叫谁呀，是它，还是他？蝴蝶看着他，慢慢扭动身子。他一撒手，它便飞了，似乎脸上还有两行清泪。

蝴蝶的泪呢，女儿向一陌飞灰中指去。他便哭了，好伤心。浩浩愁，茫茫劫，短歌终，明月缺……是耶非耶，化为蝴蝶。她呀，是否还能看见岁月在爱情上皴开的年轮？如果能，就请拍拍翅膀回来吧。

清明的蝴蝶飞来飞去，终于飞走了。小雨淅沥。那眉眼，那音容，渐次清晰。这个要守你一辈子的男人，他有多么忧伤呢。而那渡口的船已经开走了，它不会信守不见不散的诺言。

人间四月天

她是神仙姿态，一张俏脸宛若清风白月，羡煞世人。

人不风流枉少年。正值青春的她才华横溢，且行且吟，迷倒了多少倜傥儿郎。男人中的俊彦名流行云流水般路过她，勾起她的下巴，又匆匆离去，恍若轻烟。她生命的激流一次又一次改道，直到遇见诗人。但是诗人是四海为家的种子，他像一根掠过她屋檐的飞蓬，在给她的生活带来一抹失重的绿意后，便悄悄飞走了。

那一年，燕子在梁间呢喃。一个人走进胡同，叩响了她的心扉。朱门轻启，她的一只纤纤素手先声夺人般挽住了他的眼神，又顺藤摸瓜似的缚了他一辈子。

他就是“大哥”。不是九族亲友，也非青梅竹马，只为一点痴心，故以兄妹相称。

那时她已经结婚了。美郎君与俏佳人，一对玉璧倾倒了半座京城。她的初恋情人“挥一挥手，不带走一片云彩”，幸而有一架飞机为他殉葬。如今的丈夫身系名门，家学渊源，与她甚是相合。大哥的出现，在她平静的青春里，皴开了几道水墨，平添不少尴尬。

如大唐才女鱼玄机的客厅，她掩映在俗世里的小小门庭，虽不起眼，却常常客似云来。谈笑有鸿儒，往来无白丁，大哥就是其中一个。一天，她的丈夫羁留在外，家里只有她和前来拜会的大哥。一壶香片泡了又泡，直到如白水般无味。可他们依旧口干舌燥，说不出的拘束被紧紧握在眉头上。

你是天真，是庄严，你是夜夜的月圆。他在想。

你是爱，是暖，你是人间四月天。她也在想。

这一天，他们什么都没干，仿佛有意留了一个遗憾。

丈夫回来了。她向他坦言一切，忠贞与别恋。丈夫泪如雨下，却冷静得惊人。次日，他表示退位让贤，成全她和她的"大哥"。闻讯后的大哥失声痛哭，毅然推开了这千载难逢的良机，把自己的爱堵在了喉鲠。

大哥说，看来爱你最真的是他，我不敢僭越了。

你是人间四月天，黄昏吹着风的软，你是一树一树的花开，是燕子在梁间呢喃——她和丈夫终其一生，白头偕老，再没有沾染一点风波。

如花美眷，似水流年。当她清风明月似的脸终于背对了人间远去，大哥的眉毛也已被光阴洗得水白。想起衣正轻、马正肥的少年得意，他老泪纵横。

在她的葬礼上，他步履蹒跚，龙钟毕现，只能紧紧扼腕，在长歌当哭里献祭花圈，如同为爱人栽了一株迟开的玫瑰。那一脸的皱纹写满心事，全爬进静默的挽联中：一身诗意千寻瀑，万古人间四月天。

烛光并没有随灯油而尽，便似早春，还活在对雪的怀念中。很多年后的一天，他慢慢朗读，当着他的老朋友们：谁说这就是人间四月天，仓皇开放不过是一瞬间，相对了无一言，逝者不被怀念，是感慨打扰了我的清闲。

朋友们问，你叫我们来，就是为了听你一个糟老头子背诗啊？他微笑：今天，是林徽因的生日啊。

依今葬花人笑痴，他年葬侬知是谁。春残花落后，他也死了——到另一种不败的季节，望那绝代佳人去了。用一首词，为他终身不娶的爱情长祭升起魂幡吧：谁说这就是人间四月天，仓皇开放不过是一眨眼，自由不再依恋，我任性的一面，别笑我在痴等你的成全。

俏眉

他向她微隆的胸口推了一把，说你不要命了，敢站马路中间！人来人往，车流不息，两个少年就这样在芸芸众生里偶遇，被一朵浪花，缠起了尾巴。

那时的她如一支麦子，吐蕊秀穗，初显凹凸。而他则少不更事，读不懂女孩儿一瞬羞红的脸。城市的热风如影随形，她抹去额头的汗，现出一弯俏眉来。你这只游手恁地好闲啊，她轻轻抱怨着，小步跑开了。

后来他才知道，两个人在同一所中学借读，说来还是校友。时光晃一晃，他的幼稚很快被筛了下去，反增几分稳重与成熟。想起女孩儿，他也会耳根发热，自知情窦初开。

再次撞到她，已经是秋天了。他连忙说对不起，她却一笑置之，没有上回的惊慌失措。像一支刚刚灌浆的麦子，清新，饱和，她散发着迷人的味道。我们真有缘啊，他上前搭话，低着头。她却大方得很，把脸一扬，露出那弯俏眉来。要不去喝杯咖啡？她替他提了一个求之不得的建议。

好啊好啊。于是他们去了，连名字也不问。

嘴上聊得投机，眉眼兀自谈情，那杯咖啡没有白喝。两个人就这样盟了誓，打算用一场风花雪月，打点寂寞的青春。如果后来她再执拗一点，或者她爸爸再软蛋一点，也许他们就能与子偕老了。

她举家迁到了澳大利亚。临行前她百般哀求，最后还是被拖上飞机。那年的海棠开得多么美，她送给他说，好好照料，我定回来。他点头，在她唇上啄了一下，走开了。

走开了，十几年。

现在他就要步入中年了，她还没有回来。每每瞥见窗前那盆明媚的海棠，他就寂寞得要死。他想，我先买套房子等她吧。于是他买了一套房子。他又想，我再找个姑娘陪我。于是他娶了一个姑娘。那房子逼仄得很，那姑娘也没有斜月似的眉。伤心的他要了一个孩子，渐渐淡了那份守望。

光阴荏苒。在他四十岁那年，她终于回来了，拖家带口，一如当年。在机场，他又看到了那一弯俏眉，激动地说不出话。反而是女孩儿不好意思了，她抬起手无意中遮住了目光，说那是我的孩子。一个蓝眼睛的小女孩儿浣熊似的缠住他的腿，问叔叔好。他满脸赧颜，却掩不住嘴角那一点点泛开的失望。

似乎不再负疚，这回轮到他大方了：去喝杯咖啡？他替她提了一个求之不得的建议。好啊好啊。于是他们走向当年那间咖啡屋。她的汉语已然不甚流利，却一句一句敲上他久违的耳膜。

她说，一直没有机会回来，渐渐也就有点认命了。后来她买了一幢海边别墅，天天在窗口北望。但是海浪无穷，孤寂缠身，她只好请了一个平凡的男子，陪她在窗口日复一日地焚起思绪。终于女儿长大了，一切均成定局，她才想到，这回真的回不去了，也真的可以回去了。

没想到会是这样子啊，他讪笑。爱情与岁月在一望无际的海水里腌渍过，只剩下漂泊的友谊。淡淡的，品不出味道。幸而他们都已成家生子，走出好远好远，仿佛可以置身事外，旁观那段往事了。

你的海棠还活得好好的呢。他突然想起这一茬，于是邀功似的矜夸。

海棠？什么海棠？她把手搭在后脑勺上，似乎想不起来了。

他一怔，原来她早就忘了。这株海棠开了多年的花，我还以为它一直活着呢。他没来由地，说了一句别人听不懂的话。

她笑笑。花非花，雾非雾，我们又知道什么呢？

拐过路角，就能看见那家咖啡屋了。他们行色匆匆，仿佛十几年的翘首只为了这杯加糖的苦水。可他们错愕了。那块招牌已经不再，取而代之的是一家暧昧的发廊。

物是人非已经让人蹙眉，可现在连当年携手的痕迹都找不到。于是那年久的记忆如同古棺里刚刚重见天日的一袭华裳，在风里吹个干净，了无一丝。

两个人都尴尬了，不知为什么。这杯本已不必再喝的咖啡，真的喝不到了。那就算了，要不，我们再会？他试探地一问，小心翼翼。好，好，她立即附和，恨不能插上翅膀飞掉。

那天他们走得好快，从各自的视线里逃离。谁也想不到两朵海棠花谢了，竟是如此淡淡的结局。两个人就这样在芸芸众生里上路，又被一朵朵浪花，冲开了双鳍。

所有的故事，都在一弯俏眉里，皱散了架。

画眉

如果有人对绝代风华不是很理解，看看她就知道了。

那时候她两度豆蔻，他春风得意，说来亦是羡煞人间的神仙伴侣。他在事业如日中天的忙碌日子里，不忘偶尔从背后悄悄掩住她的眼睛，给她一个惊喜。而她也童心未泯，常常要他过家家。那别墅好大，他们跑上跑下，谁输了就要刮一下鼻子。红尘有缘，说不尽的恩爱在温柔乡里从容唱和。

他不抽烟，不喝酒，不踏足青楼楚馆，这样的男人，少见；她不逛街，不施粉，不扎堆闺蜜，这样的女人，少见。两个少见的人牵了手，结了婚，住一座桃园，不食人间烟火似的。如果不是画眉鸟，也许这个故事就可以奏一段幸福的尾声了。

她有一对画眉，细羽黄头，嘤其婉转。听人说，留一只在笼里，放一只出去，它还会念在夫妻情分上飞回来。问世间情为何物，直教生死相许，她赞了一声，便打开笼子，放走了雄鸟。

飞了，飞了！他也在一旁兴奋地看。

天晚了，雄鸟却没有回来。她不由替雌鸟担心，眉头渐渐紧皱。

这几天，他似乎很不开心，因为她什么都不干了，只是守着窗子，教那只雌鸟说话。

我说一句，你跟我学哦。她把明丽的脸贴到笼子上，看着它。知我者谓我心忧，不知我者谓我何愁。这句话她教了一下午，那鸟还是不会。你老公跑了，你怎么恁么默然呢？她噘起了小嘴，好生气的样子。而他早已不耐烦，出门应酬去了。

男人的事业越来越大，身边的丽人越来越多，她也越来越老，男人变得不大顾家了。好多静静的夜晚，那只鸟和她孤枕难眠。有一次逢他在家，她说放掉它吧，他不肯，而她执意要如此。那决绝的样子，仿佛笼子里的是自己。他们就这样吵起来，愈演愈烈。后来，他竟然在她绝美的脸上落了掌，五道血印红芍般绽开。那时候，笼里的画眉闹得厉害，她却沉默了，淡定无言。

后来的他狂妄、骄矜，带了女人回家过夜。她并不在意，房子这么大，又不是住不开，随他吧。他也不再理她，任她每日闲游，修眉，或者对着一杯凉掉的茶淡淡出神。不到三十岁，两个人就做到了随心所欲不逾矩。这真是早熟呢，旁人如是说。

像两只自由的鸟儿，每天晚上飞回同一只笼子，既无瓜葛也不交谈，两个人就这样虚度了许多岁月，任皱纹恣肆地攻上眼角。闲来无事，她喜欢上了念诗，人生若只如初见，何事西风悲画扇。穷极无聊的他却不肯放她清闲一会儿，只是一味地颐指气使，惹她蹙眉。

那天早晨，他像老爷似的跑到楼下，指着她的鼻子：给我们叠被子去！于是她去了。一个妩媚的小姑娘没穿睡衣，正在被窝里一个劲地慵懒，见她进来吓了一跳。大嫂你好美啊，她瞪大了眼睛，你是来叠被子的吧，谢谢哦。

秋天到了，光阴的河流打一个转弯。她淡扫蛾眉，一袭轻纱，依旧当年的绝代风华。南面的那扇窗子一直是开着的，为了负心的雄鸟。现在，她打开笼子，终究放走了这只孤单的画眉。

从此，它要在天空里踽踽独行呢，还是震一震翅膀，另觅知音？这些，她都来不及想了。她纵身一跃，轻羽一般飞了出去。在那个肃杀的清晨，两只白玉似的鸟，一上一下，挥别了红尘。

餐盘

她撩了一下裙摆，风情万种。当着那么多男人沸灼的目光，她莞尔一笑，脸不红，心不跳，仿佛一抹无心的云散漫飘过。

生活像背阴里的海棠，许久不见起色。一个美丽的女孩儿，虽不倾城，却另有一段迷人的风姿。每天早晨描完眉，她总要静静地立在衣镜前，充满爱怜地端详自己。有时候她也会脱下衣裳，一丝不挂，孤芳自赏般嗅那青春处女诱人的体香。但这样的日子很快就结束了，一个男人从她湖面一样的魂魄上轻轻敲了一棹，于是波澜骤起。

他从包头来，一副眼镜写着斯文。那天，他正拱在一望无际的绿意里，希望找到几株肉苁蓉。突然，一只“玉钩子”在他匍匐的鼻子上刮了一下。轻灵的笑声如歌如云，从草际传来。拨开一看，她正把弯着的食指挂在颔下，一眨一眨打量他。

好一个身段曼妙的蒙古女孩儿，他在心里感叹。互报姓名，谈谈彼此的工作，聊聊你我的寂寞，他们很快就成了恋人，不问对方的根底，不管何时离去。后来的她沉浸在双宿双栖的温暖里，似乎已经忘却了这回事。

蒙古马的额头亮了，他的心也从夜海深处亮出套马杆的皮索。蒙古包的天窗亮了，一缕炊烟升起了蒙古女人睡醒的爱意。爱情如诗歌，可读不可说。一旦吟到乏味，就是合上书的时候。可惜后来的她不懂这个道理，她把一杯茶泡得太久了。

两个人如胶似漆，看样子今生今世不能分开。他学着张无忌的口吻，一本正经地要为她画眉。而她也不用像从前一样，在镜子里打发时光。蒙古的风尘被披上一身暖意，在爱人的溪水里流作细碎的银纹。

他们在城市安家。女孩儿每天都要搭车上班，而男人唯有操持家务，偶尔也会出去挖点药材。生活像一株光秃秃的樱桃树，在唇吻之下渐渐萌蘖，抽发，开出淡淡的小花。

这个月她要出差。看着窗外一路退去的梭梭草，她仿佛感到某些东西正瞒着她抽身而去，没有征兆也不打招呼。他想起男人送她的时候憨憨地站在门口，腰上还系着一角围裙。金边眼镜下，一对天真无邪的眼睛望着她，似含委屈，一副就要独守空房的样子。这场景，令女孩儿莫名地伤心。

秋天刚刚在草原站定脚跟，女孩儿就回来了。她的一脸沧桑，饱蘸着半寸厚的脂粉，被生生地洗进了旅途。打开家门，才知道男人已经被另一个女人带走了。一张纸条挂在门上，写满了“我耐不住寂寞”的话语。她坐在背阴的书房里，如海棠般淡定。这一晚，只有一盆花听到了女人极细的抽噎，若游丝，在双人床的一边。

次日，她戴上鞋架边男人解下的围裙，第一次走进厨房，摆弄那些陌生的勺子、锅与火。她告诉应邀而来的朋友，有一次她在餐厅吃饭，吃到一半的时候不小心弄花了脸，只好匆匆离开。等她从卫生间补完妆，踏着优雅地步子回来，桌上的餐盘已经被侍者误会地端走了。

讲到这里，她眉头一皱，又一皱。真的，我就离开了一小会儿，她就把我的东西拿走了。她比划着，唯恐别人不理解似的。但是大家似乎真的不理解，不就是一个餐盘嘛，怎么说着说着就流泪了。

草原的微风吹起她的裙摆，有伤在心的女孩儿风情万种，更胜当初。敖包山上的云霞亮了，草叶上的泪珠嘻嘻哈哈地跑了。银马鞍上的灯盏花开了，那一棵榆树下的小两口醒了。这世上，没有人知道一份爱情被端走了，就在她离开的那一小会儿。

季节之恋

她也曾拽住季节的衣角，固执地，不放人走。但秋风如缕，落叶缤纷，红云绿意迟早是要去的。

她是这样一个伤春悲秋的女子，窗台上捧着她一年四季波光流转的眼神。有时候玻璃外头是一只蝴蝶飞过，她也会落两滴泪，打发心底莫名的悸动。外面的世界跑得很快，她看见每个人脚底的轮子擦出了火花，只是听不到一点声音。

她习惯这样的安静，有时候她就是一种安静。如悬在喧嚣尘世里的一张兰草图，真空到骨子里。无声，亦无息。不要以为她是一个不食人间烟火的奇女子，她其实很普通，普通到肌肤的每寸纹理都和你有惊人的相似。生命的波纹，荡到每个人身上，谁也不能抗拒这种细微的切入，光阴是一枚刀片，它也会山一程水一程地被凌迟。

她也有过情感的肉刺，扎在指甲缝里，疼到心底。想起来就会左心房充血，右心房充血，红彤彤直映到眸子里去。那是一个白皙高大的男孩儿，每每看到他挺括的鼻，她就觉得自己弱不禁风，马上要心甘情愿做人家手里的棉花糖。那时候她以为甜是甜的，后来她才知道甜是苦的。而现在她觉得，苦，也算是放久了的甜。

男孩儿和她在一起，照顾她的点滴。他们相爱，无异于任何两株纠缠的蒲公英，不离不弃，且自以为白净。日子久了就会倦，吵两句劝两句，这是分分合合的散漫。到后来，就是你推我一把，我拧你一下，横眉冷对。一锤一锤刚打好的爱一下子被丢进冷水里，温度骤降，霎时通黑。于是就这样分手了，无眷恋地。爱情，只不过教会她怎样打铁。而她，却根本不需要镰刀或者冷兵器。

她有自己的事业，曾经还是辉煌的。从一份策划做起，她为自己挣到许多羡慕的眼神。她期盼高贵的一刻，可当她跋山涉水终于到达巅峰，却发现自己一身是泥。为了让人生的墨彩更深重一些，她一路上不知散落了多少浓妆淡抹，璞玉纯真。这一路，别人去向一株太阳草求爱的工夫，她在试着接受男人猥亵的目光。别人平平淡淡散步的早晨，她在镜子前蛊惑自己要有个前程。殊不知，生命需要前程，更需要虔诚。

直到满载而归身心疲惫的一个傍晚，她回头一望。她回头一望，发现一路的水迹尾随她的脚跟，可怜，可恨。她也只是一头驮着棉花过河的小叫驴，醒来才知道自得反是自累。于是她抛开事业，两手空空。她经常在幻梦中做着一件事：上山砍柴。用一片锯齿草的叶子做斧头，收获着虚无又真实的快乐。是的，仅仅如此，她已比以前开心得多。

几年前，她也有父母。她记得很小的时候，在母亲的怀里看星星，她希望星星都下来找她。现在，她得失的心淡了，一颗也不想要了。她只想在无人的夜，瞭望彼此。相呵以湿，相濡以沫，然后，相忘于江湖。十七八的年纪，她也和父母吵过架，为了一堆头发的形状，或者不知所归的半小时。你上哪儿去了？她记得父亲问她。把你的头发拉直。她记得母亲的告诫。这些话，她已经来不及回答。她的父母都已经走掉了，在她无知酣睡的日子。现在想想，并不是每一张网都能补好的。有些网一旦破了洞，就要漏掉半生的眼泪。

现在，她还没老。三十岁的年纪，风华依旧眷恋着她。但她已无欲无求，尘世的灯红酒绿，在她眼里，只是一幅无力勾绘的壁画，斑驳，碎裂，一块块掉落。这真是好的，人走过了大动，总要大静。在这里，在午后或者深夜，在有阳光温馨散射的书房或者风悄悄路过的小屋檐下，她捧一本《华严经》，静静地念。

这是一个平平无奇的女子，在我身边。她已开成一片叶，留宿在旧书里，素颜单衣，波澜不惊，偶尔挽挽季节的手，才让人发觉她指心清浅的螺纹。

烙印

他常常抬起头，在天光云影里抠索往事，就像她挑弄着指甲缝里的胭脂一样专注。

他们是经人介绍结婚的，虽然一样是大红盖头明媒正娶，却因少了点花男绿女的爱情引子，生活乏味了许多。她不算美，却偏偏有独生女儿的惯家子气，发起怒来便要倒垂柳眉。一场简单的婚礼撮合了两条背向的纤绳。从此，他们是一条船上的纤夫了，拖动的，是他们咸咸淡淡的家庭生活。

这样的日子很没劲，她叹息着，也盼望闺蜜予她的叹息。这婚姻如一颗未经咀嚼的糖果，虽然咽下肚里，却不能口齿留香。对此，他就坦然的多，看他蔓延到胡梢的笑意便知道，这是个知足常乐的老实男人。

日子淡淡的。任她眉也来怨，眼也来怨，他自纹丝不动，只是每天默默地为她铺床叠被，煮饭漂衣，做着她嘴里“胸无大志的男人”。他的右手很不平常，火炭似的红，食指和拇指的指肚上有一层厚黄的老茧，全无肉色。她没问过他此物由来，只一味的讨厌。没有哪个女人喜欢如此粗糙的触摸，所以夜半里，他总是乖乖的，像过家家的小孩子。

她喜欢吃七成熟的鸡蛋，蛋黄金灿，浓浓郁郁，将滴未滴。他知道后便为她下厨，一次次地尝试，直到蒸好一个。那些日子，她总能吃到一颗火候正好的鸡蛋，色诱人，香诱人，味也诱人，只有做鸡蛋的人不诱人——他正在饭桌的对面吃一大盘鸡蛋，有的蒸老了，有的蒸破了。你怎么吃这么多呀！她埋怨他，他笑而不答。

后来的他，似乎真的炉火纯青。因为每个清晨的早餐，都只有一颗鸡蛋等着她的皓齿红唇钦点，再没有蒸过火儿的蛋要他廉价的胃匆匆回收。可他没想到的是，厨艺的拐点，也正是他们的爱情拐点。就在他手提两只袜子问她穿花的还是穿白的时，她终于受不了了，这么窝囊的男人！

那天，他们签完离婚协议书。他问，吃饭了吗？她说没有。他耸一下肩，我再给你蒸一颗鸡蛋吧。她于是把两条胳膊抱到胸前，依着厨房的门框，欣赏男人最后的“做作”。

他不理她充满嘲弄的眼神，只是自顾自地点火，添水，挑一只花白的蛋放在蒸笼里。三分钟后，火势渐猛，他却掀开半边盖子，送进了右手。她被这一幕惊住了，凑上前去看，只见男人的拇指和食指捏着火烫的鸡蛋，不知热似的。他歉意地笑笑，说，我总摸不准火候，只好给它把把脉，指头受不了的时候，鸡蛋也就七成熟了。虽然有点疼，日子久了，也就习惯了。

她的眼一下子就湿了，噼里啪啦，掉了一地的泪。男人小心翼翼地敲开鸡蛋，你看，正好呢。

蛋黄浓浓郁郁，仿佛要滴下来，可她却吃不下去，她早已在男人单薄的怀里泣不成声。那份离婚协议书最终被扔进火里，与无知的日子一起烧化。

后来，他们一起度过了好多年。当着人的时候，她总喜欢摩挲着他指上的两块厚茧，不无得意地说，这男人好着呢！别人问何以见得，她便掰开他的手指给人看，瞧，爱情的烙子！

一个一生为鸡蛋把脉的男人，他也在为爱情把脉啊，可一个摸得清鸡蛋火候的男人，是不是也能像他一样摸准爱情的火候呢？现在，他常常抬起头，在天光云影里抠索往事，想起手上“爱情的烙子”。而她也在淡淡的开心中挑着胭脂，不紧不慢地，守着两个人的火候。

生活，如此温和。

青檀

卿卿，如果你偶尔想起了我，那是我在佛前抽到了上上签。我受不了这太累的红尘，几缕愁就坠下了往日扬眉。有一回我去庙里上香，看见佛祖庄严法相，雾绕云缭，于是把自己许进了空门，从此善哉善哉。可惜戒刀虽有断尘心，还未能与情争锋。我就这样闭目在经殿中，为你默念金刚，为你持诵彻夜，为你点上第一炷香。

垂杨紫陌洛城东，总是当时携手处，游遍芳丛。我记得那天风和日丽，是我最爱的一个尘世。那些红得惊心动魄的荷花一群群，一落落，就要拥上岸来，爬上我的眼睑。行人被安排成远方的背景，用来渲染温暖的城池。意境像决了口的《全宋词》，潮水般涌来。我不曾见过这样的绚美，世界从你背后走过。蛾儿雪柳黄金缕，笑语盈盈暗香去。你就这样路经我的肩头，像流水，如落花，羡煞人间。我突然想起战国女子的睫毛，在马背上轻眨，一晃眼，便烟消云散。你穿一袭淡黄的衣裳，轻移莲步，那满池的荷花就要爬到你的裙脚上。一抹红晕正凝香，浓得三生三世化不开。我侧过眼角，又侧过鼻端，想到自己就在你身边，我感慨：这世界真好。但是你走了，走得那么惊鸿，那么婉转，那么让人不知所措，那么让我怀念。

第一炷香烧完了，烟火缭绕着红荷。我抬抬头，跪在蒲团上，虔诚而优雅地为你点第二炷香。佛祖睁开眼睛，佛祖懂得爱，也懂得情，但佛祖却说：凡有所相，皆是虚妄。钟声从远山徒步走来，雾气云岚。我背着不守清规的教条，只身闯进了“虚妄”。天海是多么辽阔，而你只需要一只肩膀。这时候你伏在我身上，睡得正香。刚才你还说要一生一世，要不离不弃，刚才你还说要岁月如初，要颠扑不破。你的话我都记得，如果有一天你再回到我身边，这就是失信的铁证。有时候，我们在一起怀念往昔，或者做点游戏，我们无忧无虑，粗粗地算着日子。尘世让你依旧天人，你工整得像一首律诗。如果要为你填上平仄，那跳动的眼神再也合适不过。我把住你的双肩，看你的眼睫一眨一眨，顾盼流眄。人生若只如初见，何事秋风悲画扇，等闲变却故人心，却道故人心易变。你吟这首诗的时候已经不爱我了，而我也肩头空空，两目无神。聚散苦匆匆，此恨无穷，于是我仰天大笑。于是痴情的人散发弄扁舟，踽踽地来到庙里，跪在蒲团上，虔诚而耐心地，为你点上第三炷香。

香灰撒了一地，在风里消逝。心事撒了一地，在灰里湮灭。你手如柔荑，捧着我的腮一言不发。庄严法相在你背后伛偻低垂，丧失了光彩。我知道你即将离开，就像你知道我即将回来。回到庙里，或者回到悲哀。一天一个尘世，一梦一个尘世，也许爱，不能历太多的尘劫。我碰到了你，爱上了你，离开了你，在昨天。佛讲要随缘，我讲要随你。原来佛说得不对，而我说得太累。但我不会恨你，也不会怪天怪地。我懂得生死由命，情是最勉强不得的东西。今年花胜去年红，可惜明年花更好，知与谁同？我还会像往常一样捻一串青檀佛珠，悠悠地路过殿堂，佑你平安喜乐，佑你福寿永昌。第三炷香正站在彼岸，星光火点，无限妖娆。我看见一袭淡黄色的衣裳拖着长长的裙裾在水边徘徊，日复一日，夜复一夜，碧海青天，不改此心。在最后的日子，我写了一首诗。天若有情，当为我唱起：

我有一串青檀佛珠，我把它戴在手腕。每天念一声摩诃摩诃，一颗珠上一个佛，喃喃向我诉说。檀木味道在经脉里流淌，淡淡香缭绕我合十的手掌。刻一个佛，画一个佛，菩提摇一摇般若波罗。古青色是佛祖眉间绿，一声声揭谛不落巢窠。持你在手，戴你在腕，念转我一生的期盼。抛《心经》到九天云外，推翻色不异空的论断。剪断这串青檀，再穿这串青檀，珠眼里我愿重历十世轮回，跋涉到色不是空的起点。

父子的重生

那一刻，巨石坍塌翻滚下来，山洪从撕裂的河道里杀奔而出，摇晃的地面把他掀倒。在昏迷前的最后一刻，他只见眼前腾起的烟尘。路边轰然倒塌的房子瞬间吞没了他。

他醒来时，周围一片漆黑，手里还捏着几十块钱。摸一摸身上，除了腿被石头压成了泥，别处没受伤。他不疼，因为这双腿早就废了，不痛不痒。四周静悄悄的，他一点一点地往外摸，不是石头就是断壁残垣，看不到一点光。地震了，这回算是熬到头了，他想。

十几年前，他因车祸双腿残废，腰部以下失去知觉，成为废人。生活对他来说只是苟延残喘，味同嚼蜡。他仗着自己残疾，每天在交通要道上拦车，车主不给钱，他就不让道。如此谋取无赖的收入。五月十二日这天下午，他刚要到几十块钱，就发生了地震，在汶川映秀镇的一条街上。他不动，不想求生，他觉得人生早就没意思了。这样死也好。

突然，不远处传来微弱的呻吟声。他心里一动，问道："有人吗？有活人吗？"

“爸爸救我”……那边有人呼救，嗓音沙哑、稚嫩。

经过简单的交谈，他知道那边是一个七八岁的孩子，正在发高烧，有些糊涂了，嘴里一声声地叫着“爸爸”。他想，你爸爸可能早死了。但他突然产生一个大胆而令他激动不已的想法——他轻轻“哎”了一声：“爸爸在这里。”

男孩儿的声音一下子兴奋了：“爸爸，快救救我！”

那一刻，他的脸“腾”地红起来。他突然觉得这是他一生最幸福的时刻，因为他做了“爸爸”。他不再等死，而是不断地劝慰着男孩。他说：“爸爸不会让你死。”他好想这个“儿子”活下去，他好想他们“父子俩”都能活着出去，抱在一起。即使在余生里艰难度日，那相互扶持的时光也必定美好无比。

“爸爸，我很难受。”“儿子”说。

他说别怕，儿子，会有人来救咱们的，爸爸就在这里陪着你！

他不停地用一块烂铁皮敲击着头顶的断墙，直到昏迷过去。

醒来时，天已亮。他躺在洁白的病床上，身边的小男孩正瞪着黑漆漆的大眼睛看着他。“‘爸爸’，你醒了，我们得救了！”

他幸福得头晕目眩，一瞬间又黯淡了眼神：“孩子，我不是你爸爸。”

但小男孩说：“不，爸爸。我的那个爸爸已经死了，现在我好想让你做我爸爸！”

他紧紧抱住了他。

这一天，爸爸得到了重生，儿子得到了重生，父子之情得到了重生。重生的映秀镇，从此多了一个自力更生的劳动者，多了一个在轮椅中幸福等待在校门口的父亲。

灾难可以培养高尚，不幸能够孕育真情。

为你白头

他是八月份接到录取通知书的，在一个黄昏，被幸福撞个趔趄。

所有对他好的人都替他欢呼雀跃，这是光耀门楣的事情。于他自己而言，仿佛也翻越了十万大山，终于与自己的梦想胜利会师。

五天后，他兴冲冲打理行装，有人打来电话。那头的人说，你父亲不行了。他赶到工地一看，父亲倒在血泊里，胸口贯穿着钢筋。

不能看你上大学了，他的父亲还在微笑，好好的，到大学，去谈一场期待已久的恋爱吧。然后这个 40 多岁的汉子死了，轻松的遗言揉搓着男孩儿的心。

他最终没去谈那一场期待已久的恋爱，没有轰轰烈烈的牵手，也没有卿卿我我的依偎。他把录取通知书的碎片冲到马桶里的那一刻，双腿残废的母亲正在门外静静地落泪。

他不能去上大学。这个家需要一个新的男人顶住梁柱，需要巨大的温柔推动母亲的轮椅。十几年的寒窗苦读貌似辛苦，但多少辛苦，也换不来爱。

他就这样留在了小城，做一份简简单单的工作。傍晚时候，他的母亲总在微笑，因为他守护着她。

每每有人问他，多好的大学，多少年的艰辛，不觉得可惜吗？

他总会说，大学？可惜？你可知道，世上有人为你白了头吗？

谁能抗拒一所理想大学的魅力？谁能抵挡一场美好恋爱的吸引？谁能拒绝光明前途的感召？他能。当有一份“为你白头”的亲情摆在眼前时，我们可以放弃上述的一切。

妈，你真好看

他哭着说："妈，你真好看，我一点也不嫌你丑了。"

小时候，他背着一袋母亲讨来的干粮上学。一个大冷的冬天，他和同学围在炉边烤火，他暗恋的女同桌正在讲笑话。有人从门口探进头来指着他："你妈给你送书来了。"于是所有的同学都看到一个又丑又老的妇女在门口踟蹰，雪在她的驼背上落脚。美丽可爱的女同桌也看到了。

他顿时无地自容，仿佛母亲那一脸沧海横流的皱纹让他蒙羞。但他很冷静，很沉着。他看了一眼表情惊愕的同学，轻松优雅地摊开手：哦，是我奶奶。

那是一个风雪天。孱弱的母亲蹬了几十里地的自行车，送一本他落在家里的语文书，得到这样的回报。

打那以后，他的母亲再也不在外人面前和他在一块，因为害怕给他丢脸。有好多次他想说："妈，我错了，我陪您逛街吧。"但他没有，他想等以后再说吧，结果竟成永远的遗憾。

哦，是我奶奶。直到长大后好多年，好多个夜里，他还是会从梦里惊慌地逃回现实。那个难忘的隆冬无数次席卷而来，质问他的良知——是奶奶吗？一个儿子对母亲的伤害，如一把带着倒钩插入的利刃，永远不能拔出。虽然他的忏悔，已在岁月里扩散成“癌”。

如今母亲去世了。对着墙上微笑的照片，他多么后悔自己那份拖延的歉意。妈，你真好看，我一点也不嫌你丑了——现在他终于说出这句话，但逝者无声。

当你嫌弃丑陋，你就错失了美丽。当你在等以后，你就失去了永远。

和爸爸的一次旅行

他安静温顺，内向老实。他有一个漂亮的妈妈，也有一个怯懦的爸爸。这样的搭配，迟早要有刺耳的裂帛声。

七八岁时，妈妈为了甩掉贫困中的两脚泥，偷偷逃走。爸爸从此变得忧郁而暴躁，酗酒打人是家常便饭。那五六年他只有跟着爸爸一起走，懵懂无知地盲从。因为高利贷追债，爸爸不得不带他四处逃窜，最终在一家廉价的小旅馆安身。为了还债，爸爸逼着他去向邻居借钱，向亲戚借钱，向早就抛弃他的母亲借钱。

在妈妈嫁入的新家里，他看到她脸上幸福洋溢却事不关己的笑容，一阵阵心痛。这个幸福的女人已经不再同他一路，悲惨生活里，只有与无能的父亲为伴。妈妈挺着隆起的肚子，开心地对他讲："你要做哥哥了！"他一下子涨红了脸，随即坚定地抽回母亲握着的手："不，我要和爸爸在一起！"他知道，爸爸虽然狠心、无能、怯懦、贫穷，但却始终踉跄在他人生之旅的路上，不曾背弃。

父子俩无以度日，只有偷盗。他因偷取一块手表，被判刑七年。在监狱会面时，爸爸痛哭流涕。那一刻，爸爸没有愤怒，没有抱怨，没有恨，心中只剩下大把的后悔。“孩子，爸爸错了！将来的路，爸爸一定陪你好好走，人生还有很多好风景呢！”

四年后的一个秋日，他出狱了，爸爸正在河边卖煎饼果子。温暖的午后阳光洒在粼粼水面上。软塌塌的一层落叶，在两人的脚下后退。

“爸爸，明天几点开工？”

“五点，刚出太阳的五点。”

河畔，远远的是两人的影子。走过跌宕，经受坎坷，父子俩仍是彼此生命旅行中的忠实“驴友”，不离不弃，相互搀扶。

人世间最宝贵的是亲情。对亲人最大的付出，莫过于在道德准则下自尊自强，照顾家人。

回家的路

为了避开春运，他提前上了火车。看着窗外一幕幕大好的雪景，想起家门口期待自己的母亲，他真有些迫不及待了。

火车已经驶进内蒙古境内，乌兰察布市的企业广告在窗外一行行晃过。没想到商都县的雪也这么大啊，邻座的两个老人拥在一起，淡淡地说。

今天是一月三日，我们一月五日就能到家了，几个孩子恐怕得二十八日才能回去，听说火车票还没买上呢。

等两个老家伙睡下了，再干一票吧，就当是新年的彩头。他笑了笑。一个小时后他得手了，满面春风，乐开了怀。呵，从哈尔滨经过吉林、辽宁、乌兰察布直到包头，这条回家的路真是“千里江陵一日还”啊。

后来他在窃喜中睡下，昏昏沉沉过了好久。被寒气逼醒后，才发现那老人正盯着他。难道被他发现了？他一惊，心里马上想到逃。

老人笑笑，刚才雪崩了，埋了十二节车厢，火车一震，不知道怎么，你就流鼻血了，叫也叫不醒。

他有败血症，最怕流血，万一止不住就性命不保了。后来他才知道，是老人发现他休克后喊来的人。打在他身上的救命药抗生素价值一千多，也是老人借钱垫付的。

他流泪了，窗外的人正在狠命地铲雪救援。而老人的善良如一把铁锹，狠狠地敲醒了他。过年回家的路可以遭遇杂乱的春运，但心灵回家的路，容不得半点瑕疵。他把钱悄悄塞回老人的包里，并寄上一张纸条，上面写着：

从哈尔滨到包头，因为有您，这才成为一条真正回家的路。

那些人间烟火

我很小的时候，有好几年，都是和爷爷住在一起的。我的奶奶早就走了，我和爷爷做伴。那个时候，每年的风都会在一个适当的晚上涌来，淹没小小的村庄。我和爷爷的家三面环水，靠在村庄的东北角上，每天天亮的时候，我会起床，自己穿好衣服，提上鞋，到狭窄得盛不下光的饭屋里，让爷爷看到我，知道我醒了。我会静静站在他身边，等他给我盛粘粥，然后坐到小桌子边，和他对面吃饭。旁边靠墙的是一张高桌子，墙上挂的画，我已经忘了。

他看见我用瓶子钓鱼，于是叫我回家。从湾边儿到朝南开的大门，只有半盏茶的工夫。不论是春天还是冬天，这条路上一直吹着风，叫我永远把眼睛眯下去，看不清他的背影。到家进了屋，他给我捏了铁圈，缝上纱布，再吊几根铁条，最后递给我说，这样逮得多。我就坐在他对面，依偎着一株落满灰的果实累累的山红珠。他一针一针缝下去，做完一圈，又做了一圈，拿手撑了撑，觉得结实了。我接过来，摸上一块硬邦邦的面子，就往湾沿跑去了。

那是乡村，饮烟一天会升起三次。第一次太早了，我看不到。我在外头玩一天，闻见烟囱里开始氤氲火的味道，就知道该回家吃饭了。我一路走回去，和别的人一道回去，路过每一家的门口，瞧见他们炉膛里又干又脆的好柴火。我想，这辈子最温暖的，就是人间烟火吧。

太阳每天会从东边升起，从西边落下。四季的风都很好。我喜欢它们，我喜欢浪荡在辽阔的原野，而原野里，一定要吹起风。我喜欢看风，看风掀翻天上的一只鸟，让我看到它从来都朝着天空的背；我喜欢看风，喜欢看它把一顷一顷的金黄的草轻轻地撩起来，露出我看不到的深处。就是那些季节里苍茫的风啊，推着我在原野里晃来晃去，看那些孤零零的坟，还有那些默默起伏的坟头纸。是这些风，叫我认识了每一块压伏着岁月的土坷垃，让我成为一个生命。那时候我就知道，在这里会有我爷爷的一座坟，一座站在风里曳着枯草的坟。

冬天的晚上，我们两个围在火炉前。他稳稳地坐在小凳子上，看烧着的水，还有从炉缝里窜出的火条子。他在说话，我也在说话。只记得我不停地扒拉煤碴子，勾出煤灰，把带着火星的透红的小煤子儿拨到一边。我抬头，先看到他映着火光的脸，眼睛，然后是高高的北窗外在风里扭曲的树，是槐树，还是柳树？我从来没有看清过。树到了冬天，就不会再有自己的名字。也许很多鲜活的生命，都是这样。

大概八九点吧，他往炉里多铲几块炭，我们要睡觉了，我们有一个暖和的炕。在一个冬天里，最靠得住的热就是亲人。湾里的冰正一寸一寸地往下结，我钻在被子里，替他暖窝。我喜欢蒙着头，全身一点也不露，听一场又一场的北风贴着屋后墙刮过去，听它们刺进黄苇丛的嗖嗖声。我想到漆黑的屋里偶尔跳起的炉子里的火苗，正从炕底慢慢蓄积温暖，我也想到外面微弱的光，在月亮上，在从一岸长到另一岸的厚实的冰上。但我不去看。我用不着去看，因为它们都在默默地看着我蜷缩在被窝里，哈着热气，想白天的事情。

也许明天早晨起来，天会格外地亮。我不推开窗，他也是。外头下雪了，满地的雪，我们想。于是他给我穿上厚重的棉袄，而我很高兴地跑出去。我不知道要干什么，可我又一次这样出去，就像上一个冬季。那棉袄上落满了雪屑，落满了一生北风的记忆。我踩在雪上，陷进去，扶着一根光秃秃、黑黝黝的枣树。如果看见他在远处扫雪，我也会跑过去。我们扫光雪，站在厦檐底下，看冰锥子长长短短地挂着，溶合了太阳光。有一只鸟，每当一个温暖的冬日到来，它就站在远处的树上，静静地站着。它也会看你，但不久就扑棱着翅膀飞走了。大地和天空很白，很亮。我们说话，吃饭，串门子。他领着我，到别的老人家里喝茶。我在一间间暗不见光的土房子里打量摆设，打量碗里浓黄的茶，打量那扇顶着风吱吱作响的门，也打量快要耗完的生命。僵硬的地上，那张剥落了朱漆的桌子，窗外呼啸的雪，摇摆的栅栏，还有一幅幅皱纹上爬满的岁月沧桑。这是我在那些冬日里看到的。我想起过，却再也没见过。

路尽头那些拐了弯的身影，消失在光里。雪上深深浅浅的脚印，在某一天，也不留痕迹。一湾冰耀得我眼睛发痛，我的目光拉回到斑驳的墙上，盯着寂寞的屋檐角，从它们的裂缝里剔出往昔，剔出遗忘了的细节，抑或是一块风雪，一段没有注意的岁月。很久以前的爷爷是不是也和很久以前的我一样，默默地注视一切？他还在我身边的时候，我没有问他这个问题，我也想不到。我想不到去这样问，也想不到会问什么。我想不到树上那只鸟是哪天飞走的，也想不起它是不是死在冬季。不过，总之它死了。而那棵光秃秃的树上，也只剩下穿来穿去的风，在某个晚上，突然迷了我的眼睛。

炊烟又升起了，我不去吃饭。有人在给炉火添炭，我也不在火旁边。我沿着一条小路慢慢地走过去，走过去，凝视每一家洞开的大门和门里散开的黄灯光，倾听火焰快活地烧旺的声音。雪在路上，风在路上，漫天的暮色又渐渐铺开，我也在路[illegible]风吹，天黑了。在一座亮起微光的小村庄里，我就在路上，往每一扇[illegible]探头，虽然我知道它不是我的家。这个冬季里最给我温暖的，就是人[illegible]火。人间的烟，人间的火，人间的夜色。

寂静的院落

世事漫随流水，算来梦里浮生。

一个人，在一个村庄里呆一辈子，死了。死在一年的十一月里好得很，不用再吹凛冽的北风，不用再陪着村庄在寒天冻地里抖过一季。不用再躲在屋里不出门，不用再怕哪条路滑。

有很多不用，但不仅是不用，更多的是用不着了。

我的堂大爷死了。下午的时候，有人送饭，叫大爷，大爷不应。送饭的马上明白过来，拿手往大爷鼻前一搭，真的没气了。第二天我们都回去奔丧。该讲的规矩都讲了，丧礼办得风风光光的，孝子哭昏了好几回。骨灰装在盒子里，人们都伏在底下哭，后来就捧到地头，埋了。年纪大的人禁不住折腾，了事后回家歇下了。看热闹的、帮忙的也散了不少，急着去赶集了。只剩下五服里的亲戚后生，收拾剩菜剩饭，打扫门庭。都披好麻，带着孝。

事情就这样过去了，一个人就这样过去了。明年开春万物复苏的时候，就少了一个认识那些老槐树的人，多了一座湿润的新坟，上头长的头一茬绿油油的青草，在风里起伏。

他死了，死的时候没有人知道，但他的老伙计们却很清楚。倚在门后的锹，圈里的羊，低头吃草的牛，昏暗的角落里散置了多少年的一盏煤油灯，它们都听到了他的死。他残喘的气息刚刚一停，四角里浮浮沉沉了几十年的细灰就悄悄地落下去，落到那盏煤油灯罩上，落到吹起北风的地上，落进大而湿润的牛眼里，再也飘不起来了。

一辈子尘埃落定，不就这一小会儿吗？它们都不会说话，他也不会说话了。直到现在，大家才真正安静下来。羊还在叫，顶开门就是人来人往的街道，但是门不会开了。没有人破门而入，是因为没有人推门而出。过往者知道门里什么都没有了，只是一座空空的院落，在每天傍晚等待余晖。隐隐约约地，还有羊在叫，烟囱仿佛冒着烟。人们想，门里是一座寂静的院落。

原上草，露初晞，旧栖新垅两依依。

焉知桂花不多情

我从十月中下旬出发，过秦岭淮河线，到长江流域考察中国世俗文化并观瞻人世贤愚，足迹粗涉安徽、江苏、江西、浙江、南京、上海等省份，或乘列车，或凭一根拐杖徒步，饱览世间百态，悉鉴自然社会，并妄以一己之力，涤众生之"原罪"，启百姓之"本善"。行程当中，见微求著，眼见儒释道三家文力对华夏文化的衍世柔力，政党政府的治世刚劲，以及西方文化与本土开放文化对众生刀削斧刻般的影响。于是长途跋涉，艰辛疲惫，日有所得，夜有所思，遂知财货、女色、妄念是杀人利器，君子不培其厚德，必至于堕落，世人不养其精神，必至于恶俗。唯是，愿以一己之力，一月之时，以萤虫之光，行走人间地狱，洒一点微芒照人。

到南京时，玄武湖已经睡了。我背着二十斤重的行李在街头走个来回，像打算投胎的叶子，择木而栖。

后来回想起那夜，还有入骨入髓的香，被征尘扑得满地都是。思量再三，原来是桂花。真想不到在寂寞如是的旅途中，竟然能够邂逅一尊小小的红颜。一路，曾听火车蹚过午夜的步子，听磅礴的梦境呐喊如潮，没有一个人可以说话，只攥一本《金刚经》，翻来覆去地倒腾着时日。下车了，遇到满城桂花，这是老城给旅人的亲昵。

我已经出行半月了，一直散漫地游走。从山东到江苏，又到安徽，又到江西，又到杭州，让自己沦落成一个乞丐，不讨钱，却讨饭。在南京时，夫子庙街头有个烤地瓜的，好容易才跟他要到一块。大部分人还心肠不坏。在南大与金陵学院，我先后向两位食堂师傅乞食，都蒙慷慨的赐予。他们把我当成城市的落难者，施舍食物。我把他们当成人世的落难者，施舍给他们积德行善启迪智慧的机会。佛祖讨饭并非为了肚子饿，他是在激发众生心底的那一点良知与慈悲，从而复苏并栽培他们的道德，为之种下福田。人渐渐地做点好事，做得多了，也就会日积月累，质变成相对的好人。否则在名利熙攘、金钱埋心的世界，每天浑浑噩噩，日渐麻木，也就枉有此生。我愿以此身躯，自取其辱，以众生的怜悯为缺口，引决出他们慈悲智慧的洪流。

记得住宿旅店时，即使旅店十室九空，他们也不愿让我贱价居住，更不要说施以援手了。而在露宿之时，更是被冠以神经病的大号。自北方流转南方，日日所睹，历历在目，人人为钱卖力，哪里还有二三成的义利观。我也曾走到江西鹰潭，去访道教的祖庭、天师的所在，看龙虎山小家碧玉式的清秀。然而在这道教祖庭，犹感意外。走在街上，除了鸡飞狗跳卖枪卖药的，还有玩牌的。一天午睡醒来，听见咚咚声，原以为是居民切菜，案板发声。起来开窗一看，原来是隔壁在打麻将。

我背着偌大的行囊，走路，看人间，歇脚，有时候也会登凌绝顶，得意忘怀。说是游学也好，和光同尘也好，苦行也好。跋涉安徽时，我路过黄山，一睹奇崛，捡到一根棍子作拐杖，想要带出山门，那守门的十分舍不得，想扣下做柴火。人间百态，殊为可怜。这根棍子最终还是成了我的拐杖，和我一路走到某乡湖畔。那地名我不知，无非世人杜撰。

于旅人而言，哪里都是安寝之处。在这儿我碰到一个乞丐，周身褴褛，说是安徽安庆的，管我要饭。我说我没钱，有面包，你吃吗？他说吃，我饿了。我掰一大半给他，自己留一小半，我们俩对着万顷碧波，浩淼尘世，坐在湖边的石头上大嚼。人生无根蒂，飘如陌上尘。分散逐风转，此已非常身。落地为兄弟，何必骨肉亲。得欢当作乐，斗酒聚比邻。此时此景，一块了无滋味的面包便胜千言万语，美酒佳肴。人生如此之乐，可谓开怀。

偶上厕所，看到卖气枪的广告、嫖赌的联系方式，那还是在山东淄博。后来住在江苏旅店，又见其中有休闲娱乐中心。一部电话，绑着一大串不露面的妖冶女子。人为财色自戕，以为财使人乐，色令人爽，于是每经一事总望落点钱财，每经一地总望美女在畔，殊不知已经和真正的快乐背道而驰。住安徽某店时，见一中年男子打开房门，迎进一位面容姣好的妓女。他本来眼色摇摆，突然见我经过，神情便骤然庄严起来，恢复了平时在人前的样子。

我也累见善行，但比起财迷、色鬼，始终还要少的太多。足履多省，观瞻尘世，唯有十二月里的桂花一尘不染，芳香沁人心脾。我们世人总想着菩萨保佑，可曾知道“菩”是觉悟，“萨”是有情。倘若一人能像这桂花，自己觉悟了清芬，又能在绽放时香香别人，那真是不朽的一朵了。

第四辑　听莺去也（生趣篇）

夏日蝉鸣

窗外是一拢翠，蜡树和老槐蓬勃成一个树头。顶上钻出几处新枝子，翻过浅绿色的风影。几只灰色的小跳雀摇枝撼叶，正在浓荫下消暑。树不肯动，风不曾挪脚，云彩只远远听着，那一树的蝉鸣。

这声音仿佛织布机上吐出的新匹，天然一体。又似老树长久的鼾声，阵阵然不去寂灭。便到夜里，那些蝉仍在执着地叫着，这一树歇了，那一树又起。你默默看树，也见不到它们的影子，只觉得这蝉鸣已点染了夏季。

偶有一个清凉的早晨。早起吧，执一卷书慢慢阅读。小窗边风景正好，水土气息一味地沁人。这时，蝉开始叫。开始是一只，小心翼翼地在嗓门里敲一鼓，声音略带初睡醒的嘶哑和慵懒。然后，几只近处的跟着唱和，你递我一句，我还你一声，搅和着诗味儿。不久，一树的蝉都惊醒，吱——吱，吱——吱，把这窗外的上下左右全都勾兑成一抹绿。

再看手中的书，仿佛字里行间着落了近近远远的蝉声，高低起伏地化作文字的韵脚。听着蝉声，看着闲书，又恰在小窗下悠然地纳凉。只觉自己双瞳剪水，便要灵动四方了。这一尺窗纱倒还素淡，不曾挡得一点风物。树影透进来真真儿的欲滴，润极了。

最喜树下观蝉。读倦了书，随手扔在一边。信步庭外，拿捏着腿脚悄悄到树冠下面去。仰头看，三五缕光隙扑到脸上。树冠正傲然，高大浓绿，树干还窝藏着昨夜的潮湿。循声瞧去，几只隐身不高的蝉正在侧枝上浅伏。起初蝉是不叫的，怕是恼了我这不速之客。稍待片刻，发现大家彼此相安，便又放开了腔子恣意举歌。小小的黑亮的身子一动不动，只那两片薄薄的蝉翼微微震颤，粘带着树头上的晨曦。

若倾一盏绿茶，在白底小瓷中。细流如注，沸卷着蝉声绿影一起冲泡。三分凉时，以食指和中指夹起，细细品味，脉脉间便有了垂緌饮清露，流响出疏桐的自在得意。到了午间，哈欠连天。吃一顿清淡素食，然后便要酣眠。方推开邻近一扇窗子，蝉声忽地涌进来。睡吧，睡吧，随意地躺倒，不拘姿势。渐渐地，那一树葱茏乘着阵阵蝉鸣撑进梦里，遍染绿意。

早晨清凉，夜晚的风往往也吹得透彻。二十点以后，夜色方浓。披一轻衫到水畔迎风，颇得一湖的酣畅。白天的闷热荡然无踪，此际只有周身凉意重重漾开。几点灯光柔和，远处的蝉声认准了平仄，踏着水面上的鳞波一步步行来。不知池上月，谁拨小船行？我就站在对岸微微侧身，耳中是脚下的水声，一波一波；是悠远的蝉声，一抹一抹。

夏日的蝉悠闲自在。歌本无调，听在心里却几度回肠。顾盼，池中的荷花开得正娇，叠叠绿盖掩映着彼岸的小径。偶有荷香袭来，氤氲枝头的小小性命。

从容一夏，声遮乱影。

女孩儿的皮毛

就是一个简单的傍晚，喜欢一个简单的女孩儿。

不是因为饱满的胸脯，优美的臀线，或者恰到好处的腰身，楚楚动人的眼睫毛。只不过是在寒风里看见她，看见她一个人在凉白的路上踽踽独行，抖了一下落寞的肩头。

就这么简单，看一眼，就喜欢了她。没有前兆，也不打算喜欢下去。像秋风里瑟瑟地一抖，皮毛在悸动后收拢。是那么一个女孩儿，从图书馆抱着书出来，单薄的，没有男孩儿为她送上披肩。她落下台阶，一级一级，从去年的秋叶里拾起脚步，离开了。那一身黑色的衣裳抱紧她颀长的身子，在暮色弥漫的路上越走越淡，直至不见。

也许很久以前，我曾见过她。在遥远的街头，一颗樱桃摇身变成女孩儿，开始在青石小路上，簌簌地落着背影。也许真的仅是一颗樱桃，唇红齿白，摇进了我的光阴和序齿。但我宁愿想那的确是一个女孩儿，是我后来遇见的女孩儿。

那个傍晚，我在寒春的侧面取景。女孩儿的长发奔袭而下，我只见到她的背影。她有一张什么样的脸呢？一定很美吧，我想。美得云遮雾掩，方更惊心动魄。或者根本就不美，而是一堆鱼尾纹或灰暗的眼睛。但这都无所谓了，谁让我在一瞬间爱得不可救药。

那个寒春，我在傍晚的前面调焦。一个女孩儿在我的镜头里慢慢变小，走向黄昏的深处。风有些冷，她轻轻拢了下羽毛，抱着单薄的书飞走了，落寞地。是一只简约的黑天鹅，起起落落，倒影在凉白的路上，孤独，颀长，直至不见。

曾经喜欢一个女孩儿，在简单的傍晚。忽略她的美，她的颜色，或者其他。是的，不为别的去喜欢，只为那些与她耳厮鬓磨的风，路过了她的季节。

若再重逢，请让我送她，一条披肩。

听莺去

天渐渐暖了，几叠柔风轻轻呵醒柳枝。嫩绿的，淡黄的，皴开一尺新季节，从惊蛰点染到谷雨。最爱在清明时，抓一把湿润的土壤亲近亲近，好香！此时的心便似开窍了的十二孔陶笛，受野草，受老树，受光风，受一切春日气息的鼓动，要激淌出淙淙的流水，叮咚，叮咚。这时，几滴圆润的声息从树丛中蜿蜒漂出——咕咕哩咕咕，咕咕哩咕咕……

走，听莺去！

披轻衫，简装从，踩春泥，拂东风。来到田野，在一丛鹅黄绿的柳树边静静候着。过一会儿，再过一会儿，咕咕的声音开始在柳枝间生发。开始是若有若无的轻鸣，嗓子微紧。我仿佛看见它们欲张还合的小喙，圆钝红润，抑扬着微微颤动的喉嗓。我不动，不言，不寻。善意的平和是鼓励它们的最佳回音。然后它们放开手脚了，一处两处的叫声沿着柳枝的经脉缓缓跳动。接着，这一只，那一只……是哪个刚刚成熟的小家伙嘹亮的一啼，浇下一树的翠绿气象，柳芽顶掉柳絮，浓绿替了淡绿。于是，这一枝，那一枝……不一会儿，一树莺声清流汇集，处处是穿梭往来的翅羽。

南朝时有个戴墉，最爱听莺。在百花盛开的好春日，他总喜欢带着“双柑斗酒”去踏青。时人问道：“老兄，哪里去？”他开心地说：“往听黄莺声！”古人以莺声下酒，我以莺声洗心。清新悦耳的自然声，最能涤除心中杂染。

翠绿的枝头又响起黄色身影。走，听莺去……

一庭红扑簌

最爱在小园中，推开稀疏长臂的莠草，低头凝视脚腕前酥酥的痒。潮湿的青砖下，吱吱叫声里爆裂出一阵泥土芬芳。小虫于兹。好清静，环顾腰间花团锦簇的一带，远远拉扯着趴在墙头的一绕碧树，红与绿相闹。

曲径通幽，屐齿留痕。便只轻轻一踏，一园子张扬的生气就倏忽收敛起来，即是小路上一点“剪径”的杂草，也知道束起含蓄的领子，故作深沉。植物亦有心，戒备我呢。待得片刻后彼此相安，才又抖开捆缚的葳蕤。

这里的花色最好，因为叶色极美。芍药叶从仲春开始展颜，如今绿到深浓，轻轻托着一朵盛花，迎风卖娇。几株静静的月季就依在桂树边，喁喁低语。这棵远道而来的桂树本植于江南无雪地，现今也在小园扫出一角深闺下榻，淡淡地与芍药对望。桂树翠盖如抹，叶中有一层韬晦的硬，板结在丛丛叶脉里。

因为隐蔽了几方阳光，桂树北边正好寄下两三窝兰草。这是主人从安徽深山迁来的老苗，休养了几多日子，已颇具姿态。叶子大气秀美的是蕙兰，细长雄壮，那一番挺拔真含了东坡词势！小巧静美的是春兰，苗叶韧而不折，花气幽而不烈，白玉般的肉根就半裸在地表腐叶间，隆冬腊月也不着衣衫。

兰品最贵，而蔷薇最宜。那一墙星星点点的花色如繁星点缀，迷了爱花人的眼。蔷薇花尤小，却是独到的群放。一朵打开，骤然间就有千万朵争色上画，不肯纵容一点留白。她与桂花是绝好的一对，蔷薇艳而不香，桂花香而不见。置身一架仿佛咕嘟嘟冒泡的蔷薇前，润着眼睛，鼻端轻捕附着在风丝上的桂花纤香。那样的境界，真如十来尺的工笔细描注了魂，美到物我两忘。

墙边那一围绿树，浓浓郁郁地侧进身子，和一园的花红互为俯仰。或则清晨，或则黄昏，皆压着彼此的韵脚——万树绿低迷，一庭红扑簌。

红荆，我的邻家小妹

我把二十年的光阴搁在了黄河的滩涂上，如果是株红柳，也该有碗口粗了。

我一向都知道，我的故乡倔强，小气，从不肯让一棵法桐或者参天的银杏驻足，即使那些云游的树种虔诚交纳度牒，也往往被贫瘠与厚碱拒之门外。可红柳是个意外，也许她也曾念叨着既来之则安之的箴言，一跺脚就扎下了千古的根，从此把黄河口的苦与咸紧紧攥在手里，敝帚自珍。纵然有一天她们那一缕香魂随风散了，也还是不肯销蚀那些固执凄美的残骸。

以前我们不叫她红柳，我们叫她荆条，也有人柔柔地道一声“红荆”，仿佛悄声呼唤隔壁家的小姑娘。刚刚萌蘖的荆条儿含羞透绿，如一尊波动的碧玉。稍稍懂事后才洇出红意，有了些大家闺秀的体统。若待秋风四起，天云肃杀，她则颇具一种巾帼不让须眉的凛凛气概了。

许多年过去了。红荆，红荆，你好吗?

她自无语。

我从来不曾离开这块土地，离开她，可我总是怀念在那些过世岁月里摇曳的倩影，那么纤弱又那么柔韧，多像我的邻家小妹。我看着她一点点抽芠，一点点生穗，绿意红云里仿佛有我见犹怜的细细眉眼，就在故居的门口，顶着岁月的季风暗诉衷肠。唉，她多像我的邻家小妹，受着那么大的委屈，也不使小性子、抹眼泪，只是站在碱蓬里支颐翘首，姑娘似的凝望——过尽千帆皆不是，斜晖脉脉水悠悠。也许她潦草的一生，也在期盼另一丛柔情脉脉的红荆花吧，虽然没有日日与君好的命，却在根底氤氲着一股相望于江湖的情，还有那些任年华与流光也揩不掉、抹不清的神情和红晕。

我不记得哪首诗、哪阕词提到过她，她就是这么倔强自得，曲高和寡，死也不肯到经史子集里惊鸿一现，讨好文人的嘴巴。女为悦己者容，也许红荆只愿在故人的远眺里抖一下身段，揉开曼妙的腰姿吧。很久很久以前，在一个静谧的傍晚，在无尽旷野的深处，红荆，她像邻家小妹一样轻轻掂起脚尖，附上了我的耳朵无限深情：我是很远很远的女归客啊，绑缚着高原上冲来的梦，君可知，君可知？

红了樱桃，绿了芭蕉，流光容易把人抛，我心底那丛滞留的红荆，大概早就憔悴得不成样子了。我恨当年没在一张素笺上摹下她的容颜，以为留念。多想让那每一缕擦过她发际的风，再从我耳边轻轻地吹一遍，复苏一些情感，还有眷恋。

红荆，我长不大的邻家小妹啊。

拾起一条河

波光粼粼的日子一层层涌到岸边。光怪陆离的水纹，折射着一河的透彻明净，在我手上凭栏吟哦，远处是远天。

我站在河边，河流广阔，悠长，襟带着西岸的霞光如宝剑流苏。河水消了一片，淤浅的河床上是新泥，莹润紧致，如琉璃般轻滑的缎子。几棵远树，仿若眼中不忍抽起的线头。

我喜欢在这样温柔结实的河边新泥上散步，作为风，掠过她斑斓大度的肌肤。转身回望游动至此的脚印，看一层波浪涌入，流连作千百种荡漾的眼神。那一时迎风而立，觉得自己周身泉涌，倾泻一身的风情。倾倒得天空，云捂眉眼；倾倒得群树，翠颜满酡。

我站在这里，有时黄昏，有时夜晚。有时你待我以平静，有时你见我眼中迸然四溅的光霰。河水急匆匆流下去，沉闷的响声蜿蜒着身子踊跃到远方。我静静地站着，任你海量的凭吊。我有多少种，从内心一艘无舵之船上慌张跳水的思想，皆纵身一跃随你漂泊而逝。还有各种各样以爱的名义扮演的私心，在水里打着旋涡湮没。更甚至种种过往的回忆和对未来的恐惧，都曾在岸边不分清浊地被抛弃或者拾起。想从别处看自己，可把生命的一切荣光和龌龊摞起来，也够不到云彩那里得以俯视自身。于是河，我觉得你更像我的倒影，或者我是你的倒影。在我生命化作齑粉随风入云的一刻，必然也是川流不息的光景。

常常在梦中见到自己随河飘浮，河水浮落花，花流东不息。梦中，是一只孤零零的飞鹊，在无云的暮色里掠过河汉。梦中，是一只倾斜的白帆，寂寞地鼓着风，来往两岸。梦中，是一只鳞光闪烁的大鱼，破开浑浊的激流，在古木入水的静处栖息。梦中，我就是那条明净的大河，痛快地划破大荒，流成千万里外的一篇碑铭。

浮桥的另一头，与那些湍急的树叶挥手告别。酒醒明月高，只剩下几排杨树萧萧作响。微风酿下的一片片细波，都随着岁月消逝在嘈嘈切切的雾雨中。一个个惆怅的梦境，骑着鲜红的鲤鱼摇头摆尾而来，伊人荡舟相迎，河水骤然变得清浅。

河滩是干净的，一如梦里吹弹即破的香颐。我时常蹲下来亲近你，轻声叫你的名字：河。我不知你沧浪盘踞的身影如何布置水流致密的腠理，但你一副聆听蔷薇心事的耳朵却时时凑近我的嘴边。有时是浪花，触摸我的唇语，有时是水气，欢快地挽着风，来听我悄言。你必定听到了，河，听到我的心事，知道我千百种悲喜随你起伏的身姿萦回寂灭，拜倒在你挣不脱的封印里。有一天，你从重重波光里给我递过一支枯枝，筷子大小，浸润着一路东来的潮湿与疲惫。我接过来，在河滩上一下、一下地划着，拨弄我叛逃的几十岁华。这些岁月，像脚下容光焕发的水泡泡，倒映着湛碧苍穹和玄黄大地，孕育着不尽明净灿烂的蜃景，却一个接一个膨胀又破灭。我莞尔，知道今后的日子也是这样。你莞尔，因为你也是这样。存此世界的人，无论是甘守一世的斑驳锈气，还是刻意打磨得光辉熠熠，我们的生命都不过付与这湍急的思绪。

大水浩浩东去，暮霭沉沉楚天阔。我回到坝上颙望，百米宽的波浪挺着身子冲过浮桥铁索，澎湃有力地激越出雄浑的大篆体。远天仍在四望的远方，一把砖灰似的暮色散开来，青天渐迷。坝很高，风尤大。一畔的几只老土屋窝在它的腋窝下，垂垂老矣。这样高的坝，常常有大鸟飞过，蓦地抬头，能看见它们笔直后拉的腿爪，浑圆鼓动的劲腹，抻出一支洁白的长颈。它们都刚刚从河中，捞出湿淋淋的倒影。

再去凝视这条河，暮色苍茫中，涌露着点点光辉。我轻轻拾起它，往腰间一系。嗬，好一条珠光流转的玉带。

小说里的女孩儿

总见小说里的女孩儿，不是唯美的，就是干净的。不是小巧的，就是婀娜的。浑身上下，如非白衣胜雪，必定黑发垂肩。如非倾城，必定或细眉或樱唇或兰心或深情。倘若男人见过她们的“巧笑倩兮，美目盼兮”，要么魂不守舍，要么斯文扫地，或者从此痴心，或者走路撞墙，继而就有一段生死恋，先是“静女其娈，贻我彤管”，于是乎投以桃李，报以琼浆。你来我往，好不热闹。正当浓情蜜意、花月融融时，突变横生：父母插手，情人插足，毕业在即，两地分居，更有甚者，男孩儿癌症，女孩儿撞车，或献眼角膜或捐脏器，从此我的眼睛眨巴在你的眼眶里替你流眼泪看世界，你的心脏咕嘟在我的胸脯里为我融血脉话衷情。

为什么女孩儿不能是丑的呢？读这篇文字的女孩儿十有五六便是丑的。她们也希望自己娇滴滴的惹人怜，过一条小巷引万人呆望，西子泛舟，醉倒大半西湖。可惜黄天不允，便抹了三重珠粉，难掩巉岩本色，着了青裙玳瑁，盖不住腿底粗皮。可惜故事不能这么说，因为丑女孩儿秀色难“咽”，谁都不喜欢见的。即使非要写一丑女，也必让她败絮其外金玉其中，或者品性坚韧，或者蕙质兰心，总之是丑得别致，丑中是美。假令宝玉初晤黛玉，不是“娴静似娇花照水”，而是粗腰肥臀大胯，风流下贱泼辣，只怕他也消受不了后来的种种深情了。所以女孩儿必是美的。

为什么情总是深的呢？深到海底两万里也至死不渝，动不动就要威胁“上邪”，说出山无棱、夏雨雪的鬼话骗人，还要等到“水面上秤砣浮，直到黄河彻底枯”才肯分手，这是何方神圣的规矩？因为人是美的了，情又正浓，你弄我弄在爱情的崇高下升华为你侬我侬，青裙玉面一相识，九月茶花满地开——连世界也沾光变俏了。既如此，情是不深不行了。

为什么结局总是泪流满面呢？因为这人美和情节美仍不够美——缺少悲剧。要知道小说的欢乐情节都是“始作俑者”在你腠理之间令你倍感舒缓的摸索，而它的目的是寻找你的伤口，继而细致耐心地撒盐。什么是盐，就是悲剧，就是最痛又最美，最渴望又最脆弱的菌丝。于是变故发生了，悲剧从天而降。自古美人如名将，人间不许见白头——所有故事中的男孩儿和女孩儿都会在结婚之前被命运的魔杖罚受“脊杖三十”，伸冤无果，最后被发配，相忘于江湖。因此，结局必须是泪流满面的。

人美，情美，连分手的结局也是美的，于是故事十全十美，美不胜收。

可惜都是假的。因为你人本不美。你不是宝玉不是段誉也不是卖油郎，你没那么俊也没那些好运气；你不是昭君不是貂蝉也不是陈圆圆，你没那么恨也没那些好男人。也许你只是个龅牙女或者雀斑妹，每天花半个钟头遮瑕，打好粉底、紧闭嘴巴。你还有可能成绩差人品差事业差爱人差，还有可恶的罗圈腿伴你仰承众人嘲讽的目光。更有可能，每天的日子于你而言都只是游街示众，因为你丑得与众不同。这还不是最惨的，最惨的是你虽然和钟无艳一样难看，但你既不是娘娘，也不是治国安邦的女栋梁。你丑陋、庸俗、粗糙、浅薄、无知、贫贱，还成天粗着嗓门唧唧喳喳，把自己当成小公主。你身上唯一的诗意是：我来了，冬天还会远吗？

虽然你如此不堪，从头顶到脚底没有一颗值得载入史册的美人痣，但你却在谈恋爱，甚至准备婚礼。你们曾经初相识，那时候河边草青青，人面桃花和诗里写的一样。不同的是，桃花虽然笑春风，人面却不怎么地。他也许曾闭上眼逼着自己忘掉你满脸的粉刺，然后"忘情"拥吻，或者漠视你心中种种恶业，满口赞你为可人儿、宝贝儿。你知道他撒谎，但你乐得享受欺骗。你们明明明天就可能分手，今天牵手的架势却像是不离不弃、生死相随。其实呢，你们心眼又小又多，简直可恶至极！你们总想企及崇高的爱情，但却割舍不下黄金白银。你们嘴上真心与共的人，其实只是你们破罐破摔的对象。假设你们现在能上天，你会毫不犹豫地抛弃一切誓言，深情告白：亲，你是好人，我配不上你。然后挽着别人的胳膊扬长而去。

最后一个章节，两个人面临分手或结婚。分手就把你给我的所有东西都还给你。结婚也是。不过前者是碗中莲，简约素白，后者是常青藤，还有的爬呢。这时候，事实迥异于小说——父母不会插手，街上也没有车祸，你们不会被活活拆散，也不会生离死别。如果分了手，则往往是可悲的自愿，感情的卑贱，别拉外因作遮羞布。或者，你们结婚，在租来的车子里男孩儿把你接下，你不但欢乐而且绝望，你虽站在舞台上，青春却已致辞谢幕，以后你不可拿它当钓饵。虽然你手中的钓竿兀自痒痒，这一池鱼却不再归你。生活没有小说里的悲剧美，如有悲剧，必定不美。两个平庸的人做着平庸的事过着平庸的日子，在平庸者看来已经不平庸。

如此，直至终老。

每个活在后一种生活里的人都想过小说里的日子，都希望自己笔下写的不是文案不是琐事，是颜柳体，是瘦金体，是李煜待踏马蹄清夜月时飘下的香屑。可事实很惨，十有八九的顾影自怜都成了顾影自烦。

庆幸的是，前者虽美却是假的，后者虽丑却是真的，真的总比假的好。仓央嘉措写过几句诗：我问佛，为何不给所有女子羞花闭月的容颜？佛曰，那只是昙花的一现，用来蒙蔽世俗的眼，没有什么美可以抵过一颗纯净仁爱的心，我把它赐给每一个女子，可有人让它蒙了灰。

看来，女孩儿想要引渡小说的美，擦回一颗仁心大概是正途。

不虚，不掩，不诳，不欺，不躁，不妄，不俗，不恶，不卑，不亢，不浊，不惊。平安喜乐，从容梳妆。

冬日的臂弯

冬天从背后探过臂弯，扼住了我的喉咙，风像一只手。我呼吸急促，未及反抗，一场大雪已成定局。

那天我正在跟北风纠缠，突然背后一麻，像被冷兵器抵住后腰一样无可奈何，仿佛有声音说：别动。我就不敢动。于是漫天的雪逃下来，路过我这个看守。作为看守，我守不住自己，守不住记忆，也守不住这个冬天。

很久以前，我爱这个季节。生在北国，从没有抗议过哪阵风，哪场雪。爱它们如爱自己的坟头草——这是我生命的附丽。可是有一天，我不再对一场雪的降临深表感动。我敲敲门进了梦又掩上门离开梦，一阵阵北风在窗外徘徊监视，让我很不自在，它们摧折树木，发出声响。它们掩埋树木，融入冻土。几个月后，有些鸟儿再也找不到旧日枝头。在一个深夜，巢居被北风拉到地下，开始对死亡的漫长等待。生命就这样无知无觉，来不及和朋友道别。直到后来我才发觉，在那个深夜，自己被触痛了神经。从西伯利亚跋涉万里的寒风一路暴怒，掀翻了往事。这正是我不想看到的。雪像风一样为记忆布景，在你面前勾勒往昔。大雪飘飘，狂风暴作，你处之等闲。可是突然风停雪静，于是一切重现。天就这样黑了。

在冬天走夜路，像走在故事的边缘。夜灯照亮寒冷的线条，寒冷凸显孤单的棱角。等你真的走上了故事的边缘，才热切地希望有个人陪你围炉夜话，谈谈故事的始末。于是你兴致勃发：绿蚁新醅酒，红泥小火炉，晚来天欲雪，能饮一杯无？先烫一壶热酒，再备两碟小菜，最后添几块碎炭，挑旺炉火。这时你才发现写好的诗帖无人可邀，暮色阴暗，寒风呼啸。只有黑云压门，叩响了柴扉。一个人的冬天倍觉寒冷，多少火也烤不化心事。有时候人像受潮的衣服，像一匹挂在往事上的缎子，记忆里起了风，于是越晾越湿。

这是隆冬。也许阳光会明媚起来，如一首词尾挑起的险韵。伤感之余，这样的日子朗朗上口，像小火煨薰的梦一样温馨，虽然风还是很冷。冬天的树没有自己的名字，它们撩开干褐色的皴肤，皮下血管交错空中，俯视一个季节的赧颜。恬静的雪面细腻如沙，阳光正小心翼翼地立足。此刻，浓愁似乎变得淡雅。李清照虽说“试灯无意思，踏雪没心情”，可究竟还是在试灯踏雪，借诗遣情。嘴里不喜欢，心里还喜欢，在这点上，古今无不同。寒风在邈远的山色里吹下了残日，旷野千里，百草无遮，只有一间小屋在诺言里戍边。柴门闻犬吠，风雪夜归人。对于狗来说，这扇门是温暖的，因为有个人可以企盼，对于人来说，这杯酒是温暖的，因为有些事可以怀念。明天早晨醒来，夜归人不会抗议朔风或者一个季节。生在北国的人鼻子一酸，就会感动于每一场雪。他熄掉炉火，推开了门，斟一杯酒对着寒天冻地，说：“能饮一杯无？”然后自己笑笑，把酒干掉。

寒风呼啸，雨雪霏霏。

冬天从背后伸过臂弯，搂住了我的脖子，风像一只手。我呼吸急促，未及反抗，爱，已成定局。

老屋

我离开故乡十年了，偶回乡郊的老屋，瓦缝檐角里匆匆的鸟都不是旧时相识。

杂草站在门槛内外，庭院里的野葡萄自顾枯荣，我不知道它们从哪年的东风里下榻，它们也不清楚这里的老主子寄在何方。现在我回来了，我们互不相识。我来问问这些不交房租的家伙，是不是把自己当成了房东。

墙砖让风蚀得千疮百孔，掩在疏疏密密的藤蔓后头。满院子不知名的野草在四季里微笑，冲着这扇久未开启的锈门。我听见它们说，你不是主子，院子养了你，又生了我，我们都是房客。它们欢迎我像欢迎一支飞返的蓬。

不过我很欣慰。虽然我走了，后来者还在替我把门。麻雀们代代居此，暖醒寂寞的屋瓦，让老屋不至在人去楼空的境地里尴尬。它们不愧于土语赠予的称呼——家臣。燕子就不同，虽然年年来，毕竟天一冷就拍翅膀走鸟了。说不上本家，只算客卿。

天气刚刚回暖，生根的生根，筑巢的筑巢，不久就有呢喃的乳音敲醒清晨。春天让人想到潺潺流水，芳草香泥。它们斜插在故居门口，是一支碧玉簪，写着春，写着秋，写着谁把它遗落，谁把它错过。错过的是风景，也是旧事。

水前就是我的院落。院落，院落，我终于知道它为什么叫院落。冬天里静静落雪，秋天里静静落叶，路过的蒲公英静静地落脚，还有一个访客的心事静静陨落。

乡村还是乡村，而故居却变成一篇短短的散文，想拉长，却忍不住痛。就让它夹在书页里沉沉睡去吧，不问时间，也不问季节，乖乖地入梦，抱着我的童年。往事，思绪，凝望，墙头枯了的梦，一角天空。吹皱一池春水的，又何止是风……

春心付海棠

在背阴的书房里，我的梅花和海棠开了花。

一个浓妆，一个素裹，站在书桌的两边，准备萌蘖。

时光落在满架的书上，蜕变成灰尘。不知不觉，一个年头又翻身而过，而我还没有新春的打算。城市的脚步从来留不下痕迹，刚刚开春，大家又要上班去了。我坐在电脑前写字，看花儿慢慢盛开，马蹄莲伸长了叶子，踅近我的眼帘。海棠就依偎在我的身旁，小鸟依人，就和她当年的老祖宗依偎着苏东坡一样。天色渐晚，东坡坐在书房，点起一根蜡烛沉思。片刻后写下一句：只恐夜深花睡去，故烧高烛照红妆。现在东坡已经不在书房，而我正为他焚香：海棠开出枝意思，梅花带来春消息。

那株梅花就在我身后吐卷，曲枝虬干，遥望海棠。她的花儿要小得多，枝枝点点，开累了就谢。有梅无雪不精神，信哉古语。委屈这盆梅花陪我在温室里过冬，虽然也一样抽枝吐叶，只是少了点味道。人人都说梅花是风骨的象征，因为不怕冷，也因为香自苦寒来。依我看，海棠未必输之。海棠花姿潇洒，其含苞的态势就已然盖过梅花。更兼海棠同梅花一样不畏寒冷，凛然不俗。如果非要强调风骨，也并非梅花独具。即使代表富贵的牡丹，也颇具精神。想当年武则天下令御花园百花开放，写诗一首焚于园中：明朝游上苑，火速报春知。花须连夜发，莫待晓风吹。次日一看，果然群芳聚首，你浓我艳，只有一株牡丹铁骨铮铮，不肯屈从。

禽窥素艳出，风递幽香来。梅花的香渐闻渐远。岛回香尽处，泉照艳浓时，海棠的香若有若无。单这境界，梅花也要略逊一筹。说到梅花，便要到“前村深雪里”，提起海棠，就自在得多了。她比梅花平易近人，但又于随和中生出一种精神来，使人不敢侵犯，这便是高明姿态。林黛玉赞海棠花是“半卷湘帘半掩门，碾冰为土玉为盆。偷来梨蕊三分白，借得梅花一缕魂”，可谓得体。

立春已过，你我复苏，海棠花淡定如昨。在背阴的书房里，我一边敲着字，一边想心事。又一个季节来到了，我们都会换一换颜色。长吸一口新鲜的空气，再借一句唐寅的诗告白吧：自今意思和谁说，一片春心付海棠。

幽州台上的光阴

天地者，万物之逆旅；光阴者，百代之过客。幽州台经历千多年的风蚀雨渍，仿若一位披着蓑衣的苍老旅客，在朦胧烟雨里，驻足出一帘湿冷的萧条。

如逆转时光千载，定睛于幽州台，还可观聆那盈满台壁的燕赵之气。便在砖隙，在台畔，那股子慷慨悲歌的气息也随着挣脱的野草雄劲地蓬勃。那时燕昭王的王旗还在风云里招展，他在幽州台上大块大块地摞黄金，高官任做、骏马任骑的豪诺令无数英雄为之目眩。一瞬间，风起云涌。刹那时，却又归于沉寂。那些谈笑自若的风流人物，震古烁今的光辉事迹，还有与有荣焉的史诗岁月，都如匆匆然远逝的流云浪叶，俱往矣。

多少年过去，踯躅的陈子昂又登幽州台。野草萋萋，在夕阳的凉风里一起，一伏，推涌着波动的、凄冷的晚色，渐在他脸上淀出浓浓的阴郁。化不开的心事呀，都往台子上聚拢、压实。他憋不住了，憋不住了！于是一声悲愤的长啸猛吐——念天地之悠悠，独怆然而涕下——一辈子的孤闷开闸似的泄洪了，汇入幽州台满不在乎的石头心。

它已承载太多生不逢时的感慨，太多光阴难留的浩叹，太多马头高歌的虚荣，太多铁马秋风的梦幻……太多了，太多了，实在是太多了。而它，仅是一座台子。万事万物都只是寄居在天地空间的旅客，迟早要归去。暮暮朝朝也只是露宿于百代光阴的过客，翌日便辞别。幽州台，一座看透了时空的台子——石里抱着旧年，泥里攥着世事，就这样枕卧着天地光阴，就这样静静地低头，自我观照，以备问道者的垂询。

早春禅心

早春时节，江中的小洲上正是二月风光。

朝阳初升，江水澄澈，一舟如豆。那小舟渐行渐近，转眼间划入了岸边万千柳丝中，隐没在若有若无的绿意里。撑船的是一位老人，他轻点长篙，小舟便靠上岸。拉过缆绳，把船系在江边老树上，他便挥着大袖步入小洲深处，独自寻找春天的踪迹。

蒸润的春气朦朦胧胧，落在柳枝杏条间，便化作一阵若无若无的烟雨，沾衣欲湿，吹面不寒。吹到山侧的江面上，便堆攒成一片冰白的雾气，隐隐约约，丝丝点点，一江烟水照晴岚。

老人年纪大了，走不得多少路。他随手拾起一根枯木，权作拐杖，一步一点地走过隐士搭建的小木桥。小桥东边是一片柔软的洼地，他去年也曾来过一次。站在小桥上抬眼东望，只见鹧鸪盘旋，平沙落雁，依稀间似有花儿含苞，草儿吐芽。

春天的气息迎面扑来，他多年的禅心也仿佛矜持不住，在蒙蒙丝雨里轻轻吐露：花非花，雾非雾。夜半来，天明去。来如春梦几多时？去似朝云无觅处。这一刻，他苍老的身躯也焕发出新春的气息，恨不得一霎时就融入那一泓江南碧水里，任杏花吹个满头满衣。

其实江上洲头，历过寒冬的梅花才刚刚凋零，哪里来的杏花春色呢？实在是老人盼春有情，寻春无路，望春企踵了。这春已提前扑入老人的心里，这股春的温暖、春的生机已然在他心中蔚然成景，化诗而流。

盼春而又寻春，望春而又化身为春，老人有了崭新的春之禅心，那便是寻春或在自然，生机却常在我心。